英米女性5人詩集
〈復刻版〉

Five English and American Women Poets

Emily Brontë

Elizabeth Barrett Browning

Christina Rossetti

Emily Dickinson

Amy Lowell

水崎野里子　編・訳
Noriko Mizusaki

ブックウェイ

英米女性5人詩集
Five English and American Women Poets

目次

—— イギリス・UK ——

Emily Brontë ✣ エミリー・ブロンテ

12 The Visionary
夢見る人

14 Cold In The Earth
冷たく地に横たわり

18 Stanzas
詩編

20 Hope
希望

22 Last Words
最後の言葉

24 A Little While, A Little While
もうすぐ　もうすぐ

28 Love And Friendship
愛と友情

30 Loud Without The Wind Was Roaring
外では風が猛り狂う

36 The Bluebell
釣鐘草

Elizabeth Barrett Browning ✣ エリザベス・バレット・ブラウニング

42 The Poet And The Bird
詩人と鳥

44 The Autumn
秋

48 A Dead Rose
死んだ薔薇

＜ Sonnets ：ソネット＞

52 Tears
涙

54 Perplexed Music
困惑の音楽

56 Patience Taught By Nature
自然に教えられた忍耐

58 The Prisoner
囚人

60 Futurity
未来

62 A Thought For A Lonely Death-Bed
孤独な死の床を思う

64 Pain In Pleasure
喜びの中の痛み

Christina Rossetti ✣ クリスチーナ・ロセッティ

＜ Sonnets ：ソネット＞

68 I loved you first; but afterwards your love
私があなたを最初に愛した：それから

70 I wish I could remember that first day
あの最初の日を思い出したい

72 Many in aftertimes will say of you
のちにたくさんの人があなたについて言う

74 Remember
思い出してください

＊ ＊ ＊

76 A Birthday
誕生日

78 Mirage
蜃気楼

80	Song
	歌
82	Echo
	こだま
84	Up-Hill
	丘に上がる
86	Dream Land
	夢の国

—— アメリカ合衆国・USA ——

Emily Dickinson ✛ エミリー・ディキンスン

92	A bird came down
	小鳥が舞い降りた
94	It's like the Light
	それは光
96	Wild Nights — Wild Nights!
	嵐の夜よ
98	I felt a Funeral in my Brain
	私は感じた葬式を
100	Come slowly — Eden!
	ゆっくりいらっしゃいエデンの園へ
102	No Rack can torture me
	どんな拷問も私には苦しくはない
104	I had not minded — Walls
	私は気にしない——壁など
106	This is my letter to the world
	私の詩は世界への私の手紙
106	'Tis little I — could care for pearls
	私は真珠など欲しくはない

108 I never saw a Moor
私は荒野を見たことがない

108 How happy is the little Stone
路傍に一つ転がる小さな石は

110 The grave my little cottage is
私の小さな家は墓

110 On this wondrous sea
このおどろきの海の上を

Amy Lowell ✣ エイミー・ローエル

114 Autumn
秋

114 Circumstance
風景

116 Vicarious
身代わり

116 Near Kioto
京都に近く

118 Yoshiwara Lament
吉原の嘆き

118 A Year Passes
一年過ぎる

118 The Emperor's Garden
ミカドの庭

120 One of the "Hundred Views of Fuji" by Hokusai
北斎「富士百景」より

120 Nuance
ゆらぎ

120 Nuit Blanche
白夜

122 Spring Dawn
春の曙

122 Again the New Year Festival
お正月再び

124 The Kagoes of a Returning Traveller
帰る旅人の駕籠

124 Outside a Gate
門の外

124 Road to the Yoshiwara
吉原への道

126 A Daimyo's Oiran
大名の花魁

126 Constancy
変わらぬ心

126 Autumn Haze
秋の靄

128 Twenty-Four Hokku on a Modern Theme
私のための24の発句集

138 Proportion
均衡

138 Carrefour
四つ辻

138 Wind and Silver
風と銀

140 The Fisherman's Wife
漁師の妻

140 Prime
盛り

142 Vespers
夕べの祈祷

142 Middle Age
中世

144 In a Garden
庭

146 Aubade
朝の別れの歌：オーベイド

146 Apples of Hesperides
ヘスペリディーズの林檎

詩人紹介・詩人各論

152 Emily Brontë
エミリー・ブロンテ

160 Elizabeth Barrett Browning
エリザベス・バレット・ブラウニング

164 Christina Rossetti
クリスチーナ・ロセッティ

170 Emily Dickinson
エミリー・ディキンスン

179 Amy Lowell
エイミー・ローエル

186 初版謝辞 ― Acknowledgement For the First Edition ―

188 あとがき

英米女性5人詩集

Five English and American Women Poets

水崎野里子 編・訳

Emily Brontë
エミリー・ブロンテ

イギリス 1818 - 1848

Emily Brontë

The Visionary

Silent is the house: all are laid asleep:
One alone looks out o'er the snow-wreaths deep,
Watching every cloud, dreading every breeze
That whirls the wildering drift, and bends the groaning trees.

Cheerful is the hearth, soft the matted floor;
Not one shivering gust creeps through pane or door;
The little lamp burns straight, its rays shoot strong and far:
I trim it well, to be the wanderer's guiding-star.

Frown, my haughty sire! chide, my angry dame!
Set your slaves to spy; threaten me with shame:
But neither sire nor dame, nor prying serf shall know,
What angel nightly tracks that waste of frozen snow.

What I love shall come like visitant of air,
Safe in secret power from lurking human snare;
What loves me, no word of mine shall e'er betray,
Though for faith unstained my life must forfeit pay.

Burn, then, little lamp; glimmer straight and clear —
Hush! a rustling wing stirs, methinks, the air:
He for whom I wait thus ever comes to me;
Strange Power! I trust thy might; trust thou my constancy.

エミリー・ブロンテ

夢見る人

家は沈黙　すべては眠っている
ただ一人　はるか遠くを眺めている者がいる
雪で覆われた草原　雲を　風は荒れ野を吹きまくる
風にあおられ木々は呻く

炉辺は温かい　絨毯を敷いた床は柔らかい
窓からも戸からも　震える風は入って来ない
小さなランプは燃える　光は強く遠くまで届く
私はランプの芯を切る　旅人を導く星となるように

父よ　私を咎めないで　母よ　私を叱らないでください
あなたの奴隷達に命じて　私を見張っていてもいいです
私に恥の汚名を着せて下さい　でも　誰も知らない
天使が夜毎　凍った雪の道をやって来るのを

私の愛する者はやがてやって来る　空気のように軽やかに
密かに　人間の罠から逃れ出て
きっと　私の言葉通りにやって来る
汚れのない信仰　私の人生は確かに報われる

小さなランプよ　燃えて！　光を放ちなさい　澄んだ光を
黙って！　翼の音が聞こえる　大気の中をはばたく音
天使よ　私はあなたを待ち焦がれます
あなたの力を信頼します　神様
あなたに　私の変わらない心を預けます

Emily Brontë

Cold In The Earth

Cold in the earth — and the deep snow piled above thee,
Far, far removed, cold in the dreary grave!
Have I forgot, my only Love, to love thee,
Severed at last by Time's all-severing wave?

Now, when alone, do my thoughts no longer hover
Over the mountains, on that northern shore,
Resting their wings where heath and fern-leaves cover
That noble heart for ever, ever more?

Cold in the earth — and fifteen wild Decembers,
From those brown hills, have melted into spring:
Faithful, indeed, is the spirit that remembers
After such years of change and suffering!

Sweet Love of youth, forgive if I forget thee,
While the world's tide is bearing me along;
Other desires and other hopes beset me,
Hopes which obscure, but cannot do thee wrong!

No later light has lightened up my heaven,
No second morn has ever shone for me;
All my life's bliss from thy dear life was given,
All my life's bliss is in the grave with thee.

But when the days of golden dreams had perished,
And even Despair was powerless to destroy;
Then did I learn how existence could be cherished,
Strengthened, and fed without the aid of joy.

エミリー・ブロンテ

冷たく地に横たわり

冷たく地に横たわる
雪は地の上に積もりゆく　深々と
冷たくわびしい墓に横たわる
私は忘れ果てたのか？　キリストよ　あなたを愛することを
時のすべてを切り裂く力に　裂かれて

今　たった一人
私の思念はもはや羽ばたくことがないのか？
山々の上を　あの北の岸辺を
羽を休めてしまい
ヒースやシダの葉が覆ってしまったのか？
あなたの気高い心を　永遠に

冷たく地に横たわる
十五の荒々しい十二月が
茶色の丘からやってきて　春へと溶け去った
何と魂は忠実なこと
変化と苦しみの時の後に　あなたを覚えている

主よ　許して下さい！　もし私があなたを忘れていたとしたら
世界の潮の中に私が漂っていた間に
他の願望や他の希望に取り巻かれていた間に
希望はあなたの姿を曇らせる　でもあなたを決して忘れません

いまこそ光は私の天を照らし
いまこそ朝は私のために輝く
すべての人生の幸福はあなたによって与えられた
すべての墓の中の幸福は　あなたと共にある

Emily Brontë

Then did I check the tears of useless passion —
Weaned my young soul from yearning after thine;
Sternly denied its burning wish to hasten
Down to that tomb already more than mine.

And, even yet, I dare not let it languish,
Dare not indulge in memory's rapturous pain;
Once drinking deep of that divinest anguish,
How could I seek the empty world again?

エミリー・ブロンテ

金色の夢が消え果てた時
絶望さえも破壊の力を失った時
その時私は知った　どんなに私の生が慈しまれるか
強くされ　喜びの助けなくとも育まれるか

そのとき私は無意味な情熱の涙を流すのを止めた
あなたをあこがれる思いを断ち切った
厳しく拒否した　私の墓へ急ぐ　燃える思いを
既にあなたの　ものである墓

でも私は今あなたを再び追い求める
あなたと出会うよろこびの　痛みの中に身を委ねまい
天なる苦しみの杯を　飲み干したからには
再びあなたがいない世界は　求められない

Emily Brontë

Stanzas

Often rebuked, yet always back returning
   To those first feelings that were born with me,
And leaving busy chase of wealth and learning
   For idle dreams of things which cannot be:

To-day, I will seek not the shadowy region;
   Its unsustaining vastness waxes drear;
And visions rising, legion after legion,
   Bring the unreal world too strangely near.

I'll walk, but not in old heroic traces,
   And not in paths of high morality,
And not among the half-distinguished faces,
   The clouded forms of long-past history.

I'll walk where my own nature would be leading:
   It vexes me to choose another guide:
Where the grey flocks in ferny glens are feeding;
   Where the wild wind blows on the mountain-side.

What have those lonely mountains worth revealing?
   More glory and more grief than I can tell:
The earth that wakes one human heart to feeling
   Can centre both the worlds of Heaven and Hell.

詩編

何度か咎められても　いつも戻って行った
　　生まれながらの最初のこころに
富と知識をあわただしく求めることなく
　　ありえぬことを私は夢見る

今日　私はもう影の居場所を追うことは止めよう
　　茫漠として拡がり　侘びしさを増すばかり
幻影は立ち上がり押し寄せる　大軍団のように
　　妄想の世界を運んで来る　あまりにも近くに

私は歩く　でも　昔の英雄の路ではなく
　　立派な道徳の道ではなく
名が売れ始めた人々の中でもない
　　彼らは　過ぎ去った過去の歴史の雲

私は歩く　私の自然が運ぶところへ
　　それ以外の何者にも従いたくはない
そこでは　シダの谷で灰色の羊の群が草を食む
　　山腹では　荒々しい風が吹く

孤独な山々が示すものは何？
　　言い尽くせない　栄光と悲しみ
大地は一人の人間を　感情へと目ざめさせる
　　中心は　天国と地獄の世界　二つとも

Hope

Hope was but a timid friend;
She sat without the grated den,
Watching how my fate would tend,
Even as selfish-hearted men.

She was cruel in her fear;
Through the bars one dreary day,
I looked out to see her there,
And she turned her face away!

Like a false guard, false watch keeping,
Still, in strife, she whispered peace;
She would sing while I was weeping;
If I listened, she would cease.

False she was, and unrelenting;
When my last joys strewed the ground,
Even Sorrow saw, repenting,
Those sad relics scattered round;

Hope, whose whisper would have given
Balm to all my frenzied pain,
Stretched her wings, and soared to heaven,
Went, and ne'er returned again!

希望

希望は臆病な友でしかない
彼女は座った　暖炉の格子の巣窟に
そして見つめた　私の運命いかなるか
わがまま男の　ように一瞥

彼女は残酷　恐れ多いも
格子を通して　あるどんよりの日
私は見ました　彼女をそこに
そしたら　彼女顔をそむけた！

嘘つき護衛　嘘つき警護
いまだ　反抗　囁く平和を
彼女は歌った　私が泣くとき
聞き耳立てると　彼女はストップ

彼女嘘つき　悔いることない
私の最後の喜び　地にばらまかれても
悲嘆の神さえ　見て後悔
散乱悲惨の哀れな名残

希望よ　あなたの声は　甘い香りを
与えてくれた　私のすべての狂乱苦痛に
翼拡げて　天に舞い上がり
行って　そして　再び帰らず

Emily Brontë

Last Words

I knew not 'twas so dire a crime
To say the word, "Adieu;"
But this shall be the only time
My lips or heart shall sue.

That wild hill-side, the winter morn,
The gnarled and ancient tree,
If in your breast they waken scorn,
Shall wake the same in me.

I can forget black eyes and brows,
And lips of falsest charm,
If you forget the sacred vows
Those faithless lips could form.

If hard commands can tame your love,
Or strongest walls can hold,
I would not wish to grieve above
A thing so false and cold.

And there are bosoms bound to mine
With links both tried and strong:
And there are eyes whose lightning shine
Has warmed and blest me long:

Those eyes shall make my only day,
Shall set my spirit free,
And chase the foolish thoughts away
That mourn your memory.

最後の言葉

私は知りません　どんな恐ろしい罪か
さよなら　という言葉を口にすること
でも　たった一度だけ許してください
私の唇　私のこころが望みます

荒れる丘の辺　冬の朝
こぶだらけの曲がる老木
もしあなたの胸の中　それらが目覚めて
私を軽蔑したら　私の中にも　同じ軽蔑を

私は忘れられます　黒い瞳と黒い眉
嘘を極めた　偽りの唇
あなたが　聖なる誓いをお忘れなら
信仰うすいこの唇は　さよならの形

厳しい命令が　あなたの愛をだらけさせても
頑丈な壁が　立ち尽くしていても
私は望みません　悲嘆を
偽り多く　冷たい仕打ちの

多数のこころがあります　私に繋がれた
試されて　強いきずなで結ばれました
光輝く目があります　照り輝きます
ずっと私を暖め　私を祝福してくれました

それらは　一度だけの日を作ってくれます
私の精神を自由にしてくれます
愚かな思いを追い払ってくれます
あなたの思い出の　弔いの嘆きなど

Emily Brontë

A Little While, A Little While

A LITTLE while, a little while,
The weary task is put away,
And I can sing and I can smile,
Alike, while I have holiday.

Where wilt thou go, my harassed heart —
What thought, what scene invites thee now
What spot, or near or far apart,
Has rest for thee, my weary brow?

There is a spot, 'mid barren hills,
Where winter howls, and driving rain;
But, if the dreary tempest chills,
There is a light that warms again.

The house is old, the trees are bare,
Moonless above bends twilight's dome;
But what on earth is half so dear —
So longed for — as the hearth of home?

The mute bird sitting on the stone,
The dank moss dripping from the wall,
The thorn-trees gaunt, the walks o'ergrown,
I love them — how I love them all!

Still, as I mused, the naked room,
The alien firelight died away;
And from the midst of cheerless gloom,
I passed to bright, unclouded day.

もうすぐ　もうすぐ

もうすぐ　もうすぐ
この疲れる仕事は　片付いて
歌が歌えるでしょう　ほほえむことが
出来るでしょう　全く同じに　お休みの日と

どこへ行くの　いらだつこころよ
どんな思いが　どんな風景が　今あなたを招くの？
どんな場所が　近くても　遠くても
休息をあなたにくれるの　疲れた額よ？

その場所はあります　木々が育たない丘の間
冬が吠え　嵐の雨が降るところ
いくら　冬の嵐が冷たくても
再び　暖まる光があります

館は古く　木々には葉がない
月の光がまだない空は　黄昏の丸屋根に曲がる
それらが何でそんなにいとしいのかしら──
こんなにもあこがれる──うちの炉端のように？

声なく　鳥は石の上に座る
湿った苔は　壁から水をしたたらせる
イバラの木々はひょろ長い　散歩道は草ぼうぼう
私はそれらを愛します──みんなとても愛しています！

でも　音もなく　私の夢想の間に　裸の部屋は
見知らぬ炎の光は　消え去りました
そして　薄暗い闇の真ん中から
私は歩いてゆきました　輝く　晴れた日へと

Emily Brontë

A little and a lone green lane
That opened on a common wide;
A distant, dreamy, dim blue chain
Of mountains circling every side.

A heaven so clear, an earth so calm,
So sweet, so soft, so hushed an air;
And, deepening still the dream-like charm,
Wild moor-sheep feeding everywhere.

THAT was the scene, I knew it well;
I knew the turfy pathway's sweep,
That, winding o'er each billowy swell,
Marked out the tracks of wandering sheep.

Could I have lingered but an hour,
It well had paid a week of toil;
But Truth has banished Fancy's power:
Restraint and heavy task recoil.

Even as I stood with raptured eye,
Absorbed in bliss so deep and dear,
My hour of rest had fleeted by,
And back came labour, bondage, care.

小さな　たった一本の緑の小道
開けて　広い広場に通じていました
山々の　遠い　夢のような　おぼろげな
青い連なりが　四方をめぐっていました

空には雲ひとつなく　大地はおだやか
大気は甘く　やわらかで　静かでした
いまだ夢のような　魅惑を深めて
野生の羊が　あちこちで草を食んでいました

それは　よく知っていた風景
私は知っていました　泥炭の小道の急な傾斜を
道は　波のように次々と膨れながら曲がりくねり
さまよう羊の歩く径と教えてくれました

もしも　一時間でも気ままに歩けたら
一週間の苦しい仕事も　十分に報われたはず
でも真実は　空想の力を追放しました
強制の　重い仕事が　返って来ました

深い　とうとい至福に浸され
歓喜のまなざしで　立っていた時さえ
お休みの時間は　矢のように過ぎ去り
戻って来ました　労働が　束縛が　気遣いが

Emily Brontë

Love And Friendship

Love is like the wild rose-briar;
Friendship like the holly-tree.
The holly is dark when the rose-briar blooms,
But which will bloom most constantly?

The wild rose-briar is sweet in spring,
Its summer blossoms scent the air;
Yet wait till winter comes again,
And who will call the wild-briar fair?

Then, scorn the silly rose-wreath now,
And deck thee with the holly's sheen,
That, when December blights thy brow,
He still may leave thy garland green.

エミリー・ブロンテ

愛と友情

愛は　野生のイバラの花
友情は　ヒイラギの木
ヒイラギは黒ずむ　イバラが咲くとき
でもどちらが　咲くのは長い？

イバラの花は　春には甘く
夏には花の香　あたりに芳る
でも待ちなさい　冬が再び来る日まで
誰が言うでしょ　イバラがきれいと

それから　軽蔑　イバラの花輪
あなたを飾れ　ヒイラギの葉っぱで
十二月が　あなたの額を枯らしても
あなたの花冠は　緑のままよ

Emily Brontë

Loud Without The Wind Was Roaring

Loud without the wind was roaring
Through th'autumnal sky;
Drenching wet, the cold rain pouring,
Spoke of winter nigh.
All too like that dreary eve,
Did my exiled spirit grieve.
Grieved at first, but grieved not long,
Sweet — how softly sweet! — it came;
Wild words of an ancient song,
Undefined, without a name.

"It was spring, and the skylark was singing:"
Those words they awakened a spell;
They unlocked a deep fountain, whose springing,
Nor absence, nor distance can quell.

In the gloom of a cloudy November
They uttered the music of May;
They kindled the perishing ember
Into fervour that could not decay.

Awaken, o'er all my dear moorland,
West-wind, in thy glory and pride!
Oh! call me from valley and lowland,
To walk by the hill-torrent's side!

It is swelled with the first snowy weather;
The rocks they are icy and hoar,
And sullenly waves the long heather,

外では風が猛り狂う

外では風が猛り狂っていた
秋の空　一面に
ずぶぬれの　冷たい雨の土砂降りは
冬が近づいたことを物語った
すべては似ていた　あの　風吹きすさぶ夕暮れ
生命の精は　追放され　嘆き悲しんだ
最初は悲しんだ　でもそう長くはなかった
優しく──そっと優しく──やって来た
古い歌の歌詞が　粗野で
規制もなく　作者の名も無い

「春　雲雀は歌っていた」
それは　目覚めた魔法の呪文
深い泉の開放　湧き出る水は　そこにいなくて
遠くにいても　押さえることは出来ない

雲が立ちこめる　夕闇に
古い歌は　五月の音楽をうたった
消え去ろうとする残り火に　火を点けた
燃えさかる火は　燃え続けた

目覚めよ　栄光と傲慢のうちに
いとしい荒野一面に　吹き渡る西風よ！
私を呼びなさい　谷から低地から
丘の奔流に沿って　歩きなさいと！

川は膨れる　最初の雪の到来と共に
岩は氷のようで　白髪に覆われる
ひょろ長いヒースは　不機嫌に波立ち

And the fern leaves are sunny no more.

There are no yellow stars on the mountain
The bluebells have long died away
From the brink of the moss-bedded fountain —
From the side of the wintry brae.

But lovelier than corn-fields all waving
In emerald, and vermeil, and gold,
Are the heights where the north-wind is raving,
And the crags where I wandered of old.

It was morning: the bright sun was beaming;
How sweetly it brought back to me
The time when nor labour nor dreaming
Broke the sleep of the happy and free!

But blithely we rose as the dawn-heaven
Was melting to amber and blue,
And swift were the wings to our feet given,
As we traversed the meadows of dew.

For the moors! For the moors, where the short grass
Like velvet beneath us should lie!
For the moors! For the moors, where each high pass
Rose sunny against the clear sky!

For the moors, where the linnet was trilling
Its song on the old granite stone;
Where the lark, the wild sky-lark, was filling
Every breast with delight like its own!

シダの葉は　もはや陽に光らない

山の上にはもう　黄色い星はない
釣鐘草は　とうの昔に死に絶えた
水底は苔で覆われる　泉の岸辺から——
冬の丘の傾斜から

でも　もっといとしい　嵐の丘
エメラルド色　朱色　金色に波打つ　麦畑よりも
そこでは　北風が　吹きまくる
尖り立つ岩地　そこを　私は　歩き回った

朝だった　輝く朝日が差し込んでいた
さわやかに　私を連れ戻した　あのころに
労働も夢想も　眠りを破らなかった
しあわせで　自由だった　昔

でも　満ち足りて　私たちは起き上がった
暁の空が　琥珀と青色に溶け去るとき
翼に乗って　すばやく足を運んだ
露の野原を　横切った

荒野へ！　荒野へ　丈の短い
雑草がビロードのように足下に横たわる
荒野へ！　荒野へ　そこでは　高く伸びた
ヒースは　日光を浴びて立ち上がる　晴れた空へと

その荒野へ　ヒワ鳥は声を震わせ歌っていた
歌は　古い御影石の上に落ちた
ヒバリは　野性の雲ヒバリは　胸を膨らませ
歓喜の歌を　我が物顔で　歌っていた

Emily Brontë

What language can utter the feeling
Which rose, when in exile afar,
On the brow of a lonely hill kneeling,
I saw the brown heath growing there?

It was scattered and stunted, and told me
That soon even that would be gone:
It whispered, "The grim walls enfold me,
I have bloomed in my last summer's sun."

But not the loved music, whose waking
Makes the soul of the Swiss die away,
Has a spell more adored and heartbreaking
Than, for me, in that blighted heath lay.

The spirit which bent 'neath its power,
How it longed — how it burned to be free!
If I could have wept in that hour,
Those tears had been heaven to me.

Well — well; the sad minutes are moving,
Though loaded with trouble and pain;
And some time the loved and the loving
Shall meet on the mountains again!

エミリー・ブロンテ

どの言語で言い尽くせよう　立ち上がる
私の感情　遠く　追放の身でいながら
孤独な丘の額の上に　ひざまづき　そこに
茶色のヒースが　生い茂るのを眺めて？

ヒースは散らばり　ちぢこまった背丈
私に語った　それさえもすぐに　消え去ると
囁いていた　「陰気な壁が　私を囲みます
最後の夏の花は　終わりました」

でも　その歌は　終わることはない
目覚めて　陰気な魂を消し去り
私にとって　賞賛の　心張り裂ける　魔法をもつ
凍えたヒースの中に横たわるよりも　はるかに

冬の力の下にかがむ他ない　生命の精よ！
どんなにあこがれたか——自由に燃えたか！
もし　そのとき　泣くことが出来たなら
落ちた涙は　私にとって　天国だった

そう——そう　悲しい時間は動いています
苦しみと痛みの重荷を負わされて
でもいつの日か　愛される者と愛する者は
再び山の上で出会います

35

Emily Brontë

The Bluebell

The Bluebell is the sweetest flower
That waves in summer air:
Its blossoms have the mightiest power
To soothe my spirit's care.

There is a spell in purple heath
Too wildly, sadly dear;
The violet has a fragrant breath,
But fragrance will not cheer,

The trees are bare, the sun is cold,
And seldom, seldom seen;
The heavens have lost their zone of gold,
And earth her robe of green.

And ice upon the glancing stream
Has cast its sombre shade;
And distant hills and valleys seem
In frozen mist arrayed.

The Bluebell cannot charm me now,
The heath has lost its bloom;
The violets in the glen below,
They yield no sweet perfume.

But, though I mourn the sweet Bluebell,
'Tis better far away;
I know how fast my tears would swell
To see it smile to-day.

釣鐘草

釣鐘草は　美しい花
夏の風に　揺れている
花々は持つ　神の力を
私のこころを癒やす

紫のヒースには　魔力がある
荒々しすぎる　悲しいほどいとしい
スミレは　香しい息を持つ
でも　香りで心は浮き立たない

木々は葉を落とし　太陽は冷たい
めったに　めったに　顔を出さない
空は　金色の帯を失った
大地は緑の衣を

氷は　凍った小川の上で
陰気な影を投げる
遠い丘や谷は　居並ぶ
凍えた霧の中で　そのとき

釣鐘草は　もう私を魅惑出来ない
ヒースは　花を失った
スミレは　谷底の影
みな　甘い香りを失った

甘い釣鐘草の　死は悲しいけれど
遠くにいる方が　ずっといいわ
私は知っている　涙は素早く膨れて
今日　あなたが微笑むのを見るでしょう

Emily Brontë

For, oh! when chill the sunbeams fall
Adown that dreary sky,
And gild yon dank and darkened wall
With transient brilliancy;

How do I weep, how do I pine
For the time of flowers to come,
And turn me from that fading shine,
To mourn the fields of home!

ああ！　寒くて　太陽の光線が
あのどんよりとした空から　射し込み
湿って黒ずんだ壁を　束の間の輝きで
金色に染める　そのとき

どれほど　私は泣くか　待ち
焦がれるか　花の咲くころを
私は　褪せて行く光から逃れ
わが家　冬の野の死を弔う　嘆く

Elizabeth Barrett Browning

エリザベス・バレット・ブラウニング

イギリス　1806 — 1861

Elizabeth Barrett Browning

The Poet And The Bird

Said a people to a poet — " Go out from among us straightway!
While we are thinking earthly things, thou singest of divine.
There's a little fair brown nightingale, who, sitting in the gateways
Makes fitter music to our ears than any song of thine!"

The poet went out weeping — the nightingale ceased chanting;
"Now, wherefore, O thou nightingale, is all thy sweetness done?"
I cannot sing my earthly things, the heavenly poet wanting,
Whose highest harmony includes the lowest under sun."

The poet went out weeping, — and died abroad, bereft there —
The bird flew to his grave and died, amid a thousand wails: —
And, when I last came by the place, I swear the music left there
Was only of the poet's song, and not the nightingale's.

詩人と鳥

ある人が言った――「あっちへ行きなさい　あんたただちに
　　消え失せなさい
私たち　地上のことを考えているのに　神に関して　あんたは
　　歌う
茶色くても　ちょっとはましな　夜啼き鳥　門に座って　しら
　　べさえずる
あんたの歌より　はるかにましよ　私たちの耳　逆撫でしない」

詩人は泣き泣き　歩き去る――夜啼く鳥は　唄うを止めた
「一体なにゆえ　夜啼き鳥　甘い唄声　なぜ止めた？
私には　地上のことは歌えない」天なる詩人は　希望する
天に高々ハーモニー　同時に届け　下なる大地に　陽に照らさ
　　れる

詩人は去った　泣きながら――異国で死んだ　一文無しで――
その鳥は　飛び来て死んだ　詩人の墓で　嘆き悲しみ　多くの
　　中で――
私は誓う　この間　たまたま行った　その場所で　音楽いまだ
　　消えもせず
その歌ひたすら　詩人の声で　夜啼く鳥は　まるで聞こえず

Elizabeth Barrett Browning

The Autumn

Go, sit upon the lofty hill,
    And turn your eyes around,
Where waving woods and waters wild
    Do hymn an autumn sound.
The summer sun is faint on them —
    The summer flowers depart —
Sit still — as all transform'd to stone,
    Except your musing heart.

How there you sat in summer-time,
    May yet be in your mind;
And how you heard the green woods sing
    Beneath the freshening wind.
Though the same wind now blows around,
    You would its blast recall;
For every breath that stirs the trees,
    Doth cause a leaf to fall.

Oh! like that wind, is all the mirth
    That flesh and dust impart:
We cannot bear its visitings,
    When change is on the heart.
Gay words and jests may make us smile,
    When Sorrow is asleep;
But other things must make us smile,
    When Sorrow bids us weep!

The dearest hands that clasp our hands, —
    Their presence may be o'er;
The dearest voice that meets our ear,

秋

行って　座りなさい　高い丘の上に
見回しなさい　あたりを
波打つ森に　野原の川を
それは秋の音　神への聖歌
夏の陽は　もう消えた――
夏の花は　別れて去った――
石に姿を　変えたように　動かず座って
ものを想う　あなたのこころは別として

夏には　どのように　そこに座ったか
まだおそらくは　あなたは抱く　その記憶
またどのように　聞いたのか
緑の森の　元気な風下　その歌を
同じ風が今　吹きめぐる
激しい夏風　思い出させる
今は秋　一息ごとに　木々はざわめく
一枚の葉が　落ちて散る

その風のよう　歓楽すべては
現世の肉体　俗世間の授けもの
我慢できない　その訪れは
変化が　来ようと　しているときには
陽気な言葉と　冗談に　笑うは
悲しみ　眠るときです
でも　そうでなくても　笑えます
悲しみが　泣けと命令　下しても！

私たちの手　固く握った　いとしい手――
その季節は　もう去って過ぎ
私たちの　耳に響いた　いとしい声

That tone may come no more!
Youth fades; and then, the joys of youth,
    Which once refresh'd our mind,
Shall come — as, on those sighing woods,
    The chilling autumn wind.

Hear not the wind — view not the woods;
    Look out o'er vale and hill-
In spring, the sky encircled them —
    The sky is round them still.
Come autumn's scathe — come winter's cold —
    Come change — and human fate!
Whatever prospect Heaven doth bound,
    Can ne'er be desolate.

その声音は　もはや　聞こえず
若さはすぐに　色褪せる　やがて
昔の　元気な記憶が
若さの喜び　その追憶が
やって来る──　あの溜息の　彼方の森に
吹き来る　凍える　秋風のよう

聞いてはだめよ　風を──眺めてもだめ　森を
見上げよ　しかと　谷と丘との　その上を──
春には　かつて　覆う空　それらを──
いまだに空は　丸屋根　それらの上に
来たれ　秋の凋落──来たれ　凍える冬の日──
変化よ　来たれ──それは私たち　人間運命！
神が　どの風景を　授けようとも　それぞれ季節に
決して　みじめと　嘆く日はない

＊訳者注
日本語はローマ字表記をすると、ひとつの音は「あいうえお」以外は子音＋母音と
なる。「か」は Ka、「く」は Ku など。ひとつの音は文末でそのまま繰り返せば音読で
は効果をあげるが、ドイツ語・英語・フランス語など主なヨーロッパ語の母音＋子
音の一シラブル押韻とは逆の押韻構造が生じる。すなわち子音＋母音構造である。
ちなみにスペイン語はこの子音＋母音の同じ押韻構造を持つ。この発見をこの詩の
訳に応用した。また、文末ではローマ字表記した場合の最後の母音だけの繰り返し
効果も狙った。半分押韻であるが、読んで効果をあげると思う。原詩にこだわらず
日本語訳詩の文脈で自由なリズム効果を狙った。七五調と共に、その工夫も明記し
たい。

Elizabeth Barrett Browning

A Dead Rose

O Rose! who dares to name thee?
No longer roseate now, nor soft, nor sweet;
But pale, and hard, and dry, as stubble-wheat, —
Kept seven years in a drawer — thy titles shame thee.

The breeze that used to blow thee
Between the hedgerow thorns, and take away
An odour up the lane to last all day, —
If breathing now, — unsweetened would forego thee.

The sun that used to smite thee,
And mix his glory in thy gorgeous urn,
Till beam appeared to bloom, and flower to burn, —
If shining now, — with not a hue would light thee.

The dew that used to wet thee,
And, white first, grow incarnadined, because
It lay upon thee where the crimson was, —
If dropping now, — would darken where it met thee.

The fly that lit upon thee,
To stretch the tendrils of its tiny feet,
Along thy leaf's pure edges, after heat, —
If lighting now, — would coldly overrun thee.

The bee that once did suck thee,
And build thy perfumed ambers up his hive,
And swoon in thee for joy, till scarce alive, —
If passing now, — would blindly overlook thee.

死んだ薔薇

薔薇よ！　誰が今　あなたを薔薇と呼ぶ？
もはや　薔薇色ではなく　しなやかでもなく　甘い香りも失せた
色褪せ　固く　干からびる　七年の間　引き出しに　忘れられた
麦の穂のように——その名は　あなたを辱める

かつて　そよ風はやって来た　あなたに
生け垣のサンザシの間を抜け　香りを奪って行く
小径を渡り来た　一日中　絶え間なく——
今はそよいでも——香りの失せた悲しみ　あなたの前に

かつて　太陽は燦々と　あなたに照り
栄光を混ぜ合わせた　あなたが描かれる豪華な壺に
光線はあなたを咲かせ　花は燃え立つ炎に——
今は照っても——輝く色は　ひとつもない　光

かつて　露は　あなたを濡らした
最初は白く　やがて深紅に変わった　なぜなら
それは　深紅のあなたの上に結んだから——
今は落ちても——黒ずむ　闇の中　あなたに会った

蠅は舞い降りた　あなたの上に
小さな脚の　巻きひげを拡げた　やすらいで
葉の周りを散歩　熱い日射しのあとで——
今は降りても——冷ややかに群がる　あなたに

かつて　蜂は吸った　あなたの密を
あなたのかぐわしい琥珀で巣を作った
命をなくすほど　喜びで気を失った——
今は飛んでも——盲のように　見逃す　あなたを

Elizabeth Barrett Browning

The heart doth recognise thee,
Alone, alone! The heart doth smell thee sweet,
Doth view thee fair, doth judge thee most complete, —
Though seeing now those changes that disguise thee.

Yes, and the heart doth owe thee
More love, dead rose! than to such roses bold
As Julia wears at dances, smiling cold! —
Lie still upon this heart — which breaks below thee!

エリザベス・バレット・ブラウニング

こころだけが　あなたのまことを　識っている
こころだけ　こころだけ！　嗅ぐ　あなたの甘い香りを
見る　あなたの美しさ　審判する　あなたは完璧だと――
変わり果てたのは　あなたのうわべ　そう知りながら

そうなのよ　あなたのおかげで
たくさんの愛　死んだ薔薇よ！　冷たい笑い
ジュリアの踊りの　まっ赤な薔薇もかなわない！――
やすらぎなさい　この胸の上――あなたの下で張り裂ける！

Elizabeth Barrett Browning

< Sonnets >

Tears

Thank God, bless God, all ye who suffer not
More grief than ye can weep for. That is well —
That is light grieving ! lighter, none befell
Since Adam forfeited the primal lot.
Tears ! what are tears ? The babe weeps in its cot,
The mother singing, at her marriage-bell
The bride weeps, and before the oracle
Of high-faned hills the poet has forgot
Such moisture on his cheeks. Thank God for grace,
Ye who weep only! If, as some have done,
Ye grope tear-blinded in a desert place

And touch but tombs, — look up I those tears will run
Soon in long rivers down the lifted face,
And leave the vision clear for stars and sun.

＜ソネット＞

涙

天にまします　神に感謝し　神に祝福
悲しみに耐え　神を慕って　嘆き泣く者
それはでも　軽い悲しみ！　軽いもの
比べられない　アダムのさだめに　遙かに遠く
エデンの園から追放の　悲しみ深く　アダム泣く
おお涙！　涙とは何？　赤子泣き声　ゆりかご中の
母親歌う　結婚の　鐘の音響き　泣く花嫁に
高い山うえ神殿の　神託前で　頬の涙を　詩人忘れゆく
感謝しなさい　神の恩寵　泣く人々よ！
昔はるかな　言い伝えのよう　荒れ野に盲いて
涙を手探り　墓しか触れない者たちよ　空を見上げよ

私は流す　この涙　やがて
長い川となる　流れ去る世
居残る夢は　星と太陽　涙尽き果て

　＊訳者注
　本詩の英語原詩ソネット形式の脚韻は abbaabcadfdfdf である。
　日本語構造を考慮しつつ訳詩も語尾をそろえた。

Perplexed Music

Affectionately inscribed to E.J.

Experience, like a pale musician, holds
A dulcimer of patience in his hand,
Whence harmonies, we cannot understand,
Of God; will in his worlds, the strain unfolds
In sad-perplexed minors: deathly colds
Fall on us while we hear, and countermand
Our sanguine heart back from the fancyland
With nightingales in visionary worlds.
We murmur ' Where is any certain tune
Or measured music in such notes as these ? '
But angels, leaning from the golden seat,
Are not so minded their fine ear hath won
The issue of completed cadences,
And, smiling down the stars, they whisper —
    SWEET.

困惑の音楽
E.J. へ愛を込めて

経験は持つ　色青ざめた音楽家のごと
手の中　忍耐　ダルシマーの　甘い琴の音
どこから来るか　その和音　誰もわからず
この世のうちの　神の音楽　その調べ
悲しみの　困惑の　哀しき短調
死の寒さが　降り来たる　われらの上に
その奏で　耳立て聞きしも　その間　立ち退き命令
われらなる　浮かれたこころを　浮き草夢から
神の黙示の　サヨナキドリの　その啼き声で
われらつぶやく　「この調べ　この音楽は　何処にありや？」
天使たち　金の席から　身を乗り出して
万能の耳は　聞き取った　完全見事な　リズムの拍子
下を見て　星もほほえみ　互いに囁く——

妙なるしらべ　ほら今ここに

＊訳者注
本詩の英語原詩のソネット構造は abbaabba cdefgde である。
日本語本詩は七五調で脚韻を使用しない日本語短歌の音節リズムに合わせた。
七七で始まり七七で終わる。
また、現在では短歌のジャンルでは基本の慣習である古語も使用した。

Elizabeth Barrett Browning

Patience Taught By Nature

'O dreary life,' we cry, 'O dreary life !'
And still the generations of the birds
Sing through our sighing, and the flocks and herds
Serenely live while we are keeping strife
With Heaven's true purpose in us, as a knife
Against which we may struggle ! Ocean girds
Unslackened the dry land, savannah-swards
Unweary sweep, hills watch unworn, and rife
Meek leaves drop yearly from the forest-trees
To show, above, the unwasted stars that pass
In their old glory: O thou God of old,
Grant me some smaller grace than comes to these ! —
But so much patience as a blade of grass
Grows by, contented through the heat and cold.

自然に教えられた忍耐

「なんと退屈な人生！」私たちは　泣き叫びます
でも　鳥たちは　歌っています　世代に渡り
その間　私たち　人間は　ため息ばかり
羊の群れは　おだやかに　過ごしています
人間は　絶え間なく　あらがいます
人間が持つ　天国への　真の目的にすがり
ナイフのように　私たちは戦います！　鐘は鳴り
ひるまない　乾いた陸地　サバンナ　芝地を　海は囲みます
不毛の原野は　疲れを知らず　拡がります　不動の山は　あたりを
眺めます　森の木々は　年ごとに　葉を落とします　静かに
見上げると　星は　疲れも知らず　空を過ぎます　あなたの栄光の
　　中で　おお神さま
お与えください　あなたの元への　もっと小さなお恵みを！──
でも大いなる忍耐はが　はぐくまれます　草の葉のように
満ち足りて　生きて行きます　暑さ寒さを　耐え抜いて

Elizabeth Barrett Browning

The Prisoner

I count the dismal time by months and years
Since last I felt the green sward under foot,
And the great breath of all things summer-
Met mine upon my lips. Now earth appears
As strange to me as dreams of distant spheres
Or thoughts of Heaven we weep at. Nature's lute
Sounds on, behind this door so closely shut,
A strange wild music to the prisoner's ears,
Dilated by the distance, till the brain
Grows dim with fancies which it feels too
While ever, with a visionary pain,
Past the precluded senses, sweep and Rhine
Streams, forests, glades, and many a golden train
Of sunlit hills transfigured to Divine.

囚人

私は数える　暗闇時間　月ごと　年ごと
あのとき以来　足下に　緑の草地
すべての命は　夏の息吹で　私に接吻
今の大地は　変わって果てた
遠い異境の　悪夢のように
天国を　夢見て泣くは　私の毎日
自然の神の　奏でる笛が　はるかに届く
固くきっちり　閉まった扉の　その向こうまで
かつて見知らぬ　自然のしらべ
囚人の　聞こえぬ耳に　遠くからゆえ　かすかな音に
私の頭は　喜びの　思いで　感じる力を　失せ果てた
すると突然　その幻惑の　痛みの中で　私の五感は蘇り
ラインの流れ　森に　林間の草原　太陽に照る
金色の山脈は　転じて示す　神の御姿

Elizabeth Barrett Browning

Futurity

And, O beloved voices, upon which
Ours passionately call because erelong
Ye brake off in the middle of that song
We sang together softly, to enrich
The poor world with the sense of love, and witch,
The heart out of things evil, — I am strong,
Knowing ye are not lost for aye among

The hills, with last year's thrush. God keeps a niche
In Heaven to hold our idols; and albeit
He brake them to our faces and denied
That our close kisses should impair their white,
I know we shall behold them raised, complete,
The dust swept from their beauty, — glorified
New Memnons singing in the great God-light.

未来

賛美せよ　神に愛された　神の鳥たちの歌声に
私たちに　激しく愛を呼びかける　その短い命ゆえに
やがて　あなたたちは　途絶えるだろう　歌の途中で
私たちは　優しい心で　そっと共に歌った
この貧しい世を　愛で満たし　豊かにした
魔女よ　邪悪な心よ──私は強い　知っている
あなたは迷ってはいない　神の道を　山々の間で

私は歌った　過ぎ去った年の　ツグミ鳥と共に
神は保ち給う　壁の窪みを　天に　私たちの偶像はそこに立って
　いる
神が　私たちの顔が　近づくのを禁止なされようと　それらに
拒否なさろうと　唇の　情熱の愛の接吻が　その白色を汚すのを
私は知る　神は赦したまい　私たちは見る　像は立ち上がる　完
　全な姿で
汚れ　塵は　彼らの美を汚すことはない──神の栄光の中で
新たなメムノンの巨像は　歌い続ける　神の偉大な──光の中で

＊メムノンの巨像
古代エジプトのテーベ近くにあるエジプト王アメンホテップ三世（紀元前1386年─
1349年あるいは紀元前1388年─1351年）の巨像。朝日の最初の光が当たると言葉
を奏でると言われた。

Elizabeth Barrett Browning

A Thought For A Lonely Death–Bed

If God compel thee to this destiny,
To die alone, with none beside thy bed
To ruffle round with sobs thy last word said
And mark with tears the pulses ebb from thee, —
Pray then alone, 'O Christ, come tenderly!
By thy forsaken Sonship in the red
Drear wine-press, — by the wilderness out-spread, —
And the lone garden where thine agony
Fell bloody from thy brow, — by all of those
Permitted desolations, comfort mine!
No earthly friend being near me, interpose
No deathly angel 'twixt my face aud thine,
But stoop Thyself to gather my life's rose,
And smile away my mortal to Divine!'

孤独な死の床を思う

もし神が　あなたに命じたとしても　この運命
傍らに　誰も看取る者がない　孤独なひとりでの死
啜り泣きに皺立ちながら　最後の言葉のつぶやき
脈拍の引き潮の　あなたの　涙の印──
そのときには　祈りなさい
「キリストよ　優しく　私の元へ来てください
神の御子　あなたの　見捨てられた　十字架上の死
赤い刻印　孤独な葡萄酒──拡がる荒野に──
苦しみが　額から血を流し続ける　孤独な庭に──
このすべてにかけて　ひとりの私を慰めてください！
たとえ　地上の友は　誰もそばにいなくても
たとえ　あなたと私の間に　死の守護天使もいなくても
キリストよ　身をかがめ　私の人生の薔薇を集めてください
微笑みでお送りください　この世の私を神の元に！」

Elizabeth Barrett Browning

Pain In Pleasure

A thought lay like a flower upon mine heart,
And drew around it other thoughts like bees
For multitude and thirst of sweetnesses;
Whereat rejoicing, I desired the art
Of the Greek whistler, who to wharf and mart
Could lure those insect swarms from orange-trees
That I might hive with me such thoughts and please
My soul so, always. foolish counterpart
Of a weak man's vain wishes ! While I spoke,
The thought I called a flower grew nettle-rough
The thoughts, called bees, stung me to festering:
Oh, entertain (cried Reason as she woke)
Your best and gladdest thoughts but long enough,
And they will all prove sad enough to sting!

喜びの中の痛み

こころの中で　ある思索があった　それは花となり
周りに　他の思いを引き寄せていた　蜂のように
多数　甘い蜜を求めて　群れていた
喜びに満ちて　私は　ギリシア人の技術を願った
その口笛で　波止場　市場に
オレンジの木から　多数の虫を　誘い出した
私は望む　思惑の密を蓄えたいと　同じく
私の魂よ　永遠に常に　かよわい男の　無益な願い
その伴侶とは　なんと愚かな！　そう話す間に
花と呼ぶ　その思索から　イラクサが生えた
蜂の群　たくさんの思索は　私を刺して　膿出した
理性の女神は　目覚めて叫ぶ　もてなしなさい
最上の　最大の喜びを　でも束の間に
それはすべて　あなたを刺します　悲しみとなり

Christina Rossetti
クリスチーナ・ロセッティ

イギリス　1830 — 1894

Christina Rossetti

< Sonnets >

I loved you first: but afterwards your love

Poca favilla gran fiamma seconda. — Dante
Ogni altra cosa, ogni pensier va fore,
E sol ivi con voi rimansi amore. — Petrarca

I loved you first: but afterwards your love
　　Outsoaring mine, sang such a loftier song
As drowned the friendly cooings of my dove.
　　Which owes the other most? my love was long,
　　And yours one moment seemed to wax more strong;
I loved and guessed at you, you construed me
And loved me for what might or might not be ?
　　Nay, weights and measures do us both a wrong.
For verily love knows not 'mine' or 'thine;'
　　With separate 'I' and 'thou' free love has done,
　　　For one is both and both are one in love:
Rich love knows nought of 'thine that is not mine;'
　　　Both have the strength and both the length thereof,
Both of us, of the love which makes us one.

＜ソネット＞

私があなたを最初に愛した：それから

　　少し大きな火花　二番目の炎——ダンテ
　　それぞれの他のものごと　それぞれの思考は前進
　　ただその中　あなたと共に　愛し続ける——ペトラルカ

最初に愛したのは私　でもそれからあなたの愛は
私の愛を越えて舞い上がり　高々と歌を歌った
私の鳩の友情　溺れさせた　おとなしい鳴き声を
どちらがより大いなる愛？　長かった　私の愛は
あなたの愛は一瞬　強い満ち潮となった
私は愛した　あなたを想像した　あなたは理解した　私を
私を愛した　可能と不可能を見据えた　あなたは——
いえ　重さや長さを量るのは　良い結果はもたらさない
真実の愛は「私の」とか「あなたの」という言葉を知らない
愛は　「あなた」という代名詞からも切れ　離れる
愛するとき　一人は二人　二人は一人　豊かな愛は
「私の愛ではなくあなたの愛」という区別も知らない
共に愛する強い力　長く　終わりはない
私たち二人　愛は二人を一つにする

Christina Rossetti

I wish I could remember that first day

Era gia l'ora che volge il desio. — Dante
Ricorro al tempo ch'io vi vidi prima. — Petrarca

I wish I could remember that first day,
　　First hour, first moment of your meeting me,
　　If bright or dim the season, it might be
Summer or Winter for aught I can say;
So unrecorded did it slip away,
　　So blind was I to see and to foresee,
　　So dull to mark the budding of my tree
That would not blossom yet for many a May.
If only I could recollect it, such
　　A day of days! I let it come and go
　　As traceless as a thaw of bygone snow;
It seemed to mean so little, meant so much;
If only now I could recall that touch,
　　First touch of hand in hand — Did one but know!

あの最初の日を思い出したい

　　いざ　もう時間を回す時──ダンテ
　　あなたを初めて見た　時の豊かさ──ペトラルカ

あの最初の日を　思い出したい
あなたが私と逢った　最初の時間　最初の瞬間
輝いていたか　どんよりとしていたか　季節は
夏であったか　冬であったか　もうわからない
記録もされずに　過ぎ去って行った　光
私は盲目だった　何も見えなかった　陰
呆然と　木の芽ぐみにも　気がつかなかった　季節
咲いていなかっただろう　まだ　五月の花は
今　それをたしかに　思い出したい　あの五月
あの一日よ！　記憶を手繰り　放す　私は
去年の雪の雪解けのように　あとかたもなく消えたもの
些細なことに思えた　でも　今は　大事な宝物
あの触れあいを　思い出したい　すべて
手と手が初めて触れた──確かに知った　ひとつの手！

Christina Rossetti

Many in aftertimes will say of you

Vien dietro a me e lascia dir le genti. — Dante
Contando i casi della vita nostra. — Petrarca

Many in aftertimes will say of you
    'He loved her' — while of me what will they say?
    Not that I loved you more than just in play,
For fashion's sake as idle women do.
Even let them prate; who know not what we knew
    Of love and parting in exceeding pain.
    Of parting hopeless here to meet again,
Hopeless on earth, and heaven is out of view.
But by my heart of love laid bare to you.
    My love that you can make not void nor vain,
Love that foregoes you but to claim anew
    Beyond this passage of the gate of death,
I charge you at the Judgment make it plain
    My love of you was life and not a breath.

のちにたくさんの人があなたについて言う

　　　私のあとに来て　人々に言わせなさい──ダンテ
　　　私たちが生きた例を数えます──ペトラルカ

私たちの別れのあとで　皆は　いろいろ言うでしょう
あなたについて　「彼は彼女を愛したのよ」──なんと言う
でしょうか　私には？　こうは言わないで　私の愛は
ただの遊びで　流行を追った　浮かれ女の　やったことと
あの人たちは何も知らない　私たちが知ったこと
愛して　別れること　その痛みは　耐えられない
別れれば　地上で再び　出会うことは　赦されない
望むことは出来ない　でも天国のことは　考えていない
あなたの前に　裸の愛を　私は置いた　私の愛は
あなたにとって　空虚でも　無為でもない　豊かな果実
先に愛したこの私　ここにあなたに　新たに要求
この世の道を辿り終え　死の門を越え　最後の審判
そのときあなた　はっきり言って　私の愛は
私の命　一つではない　全生涯の　私の呼吸

Remember

Remember me when I am gone away,
Gone far away into the silent land;
When you can no more hold me by the hand,
Nor I half turn to go, yet turning stay.
Remember me when no more day by day
You tell me of our future that you plann'd:
Only remember me; you understand
It will be late to counsel then or pray.
Yet if you should forget me for a while
And afterwards remember, do not grieve:
For if the darkness and corruption leave
A vestige of the thoughts that once I had,
Better by far you should forget and smile
Than that you should remember and be sad.

思い出してください

思い出してください　私のことを　私が旅立って
遠い　沈黙の地に行ってしまったとき
あなたがもう私をその手で抱くことは出来なくなるときに
行こうか行くまいか　迷っているときにも
思い出してください　私のことを　もはや　日に日に
お話してくれなくなったとき　わたしたちの未来の計画について
思い出してくれるだけでいいのです　あなたはわかっている
相談したり　祈ったりするにはもう遅いだろうと
でももし　しばらく忘れ果て　あとで思い出しても
私のことを　悲しまないでください
だってもし　この世の暗黒と堕落が　昔　私が抱いた
思索の遺物を残してくれるなら
はるかに良いこと　忘れて笑ってください
思い出して　悲しむよりずっとましなこと

Christina Rossetti

A Birthday

My heart is like a singing bird
        Whose nest is in a water'd shoot;
My heart is like an apple-tree
        Whose boughs are bent with thickset fruit;
My heart is like a rainbow shell
        That paddles in a halcyon sea;
My heart is gladder than all these
        Because my love is come to me.

Raise me a dais of silk and down;
        Hang it with vair and purple dyes;
Carve it in doves and pomegranates,
        And peacocks with a hundred eyes;
Work it in gold and silver grapes,
        In leaves and silver fleurs-de-lys;
Because the birthday of my life
        Is come, my love is come to me.

誕生日

私のこころは　歌う鳥
その心臓は　潤い木の芽
私のこころは　林檎の木
木の枝曲がる　たわわの林檎で
私のこころは　虹の貝殻
櫂で漕ぎ入る　のどやか海へ
私のこころは　一番嬉しい
愛するあなたが　やって来た

私を絹の玉座に　座らせてよね
吊して絹を　銀色まだらと紫に染め
高座に彫刻　鳩と柿の実
百の目を持つ　孔雀たち
金色　銀色　葡萄の細工
葉っぱ　銀色百合の花
今日は　私の人生誕生日
愛するあなたが　やって来た

Christina Rossetti

Mirage

The hope I dreamed of was a dream,
Was but a dream; and now I wake
Exceeding comfortless, and worn, and old,
For a dream's sake.

I hang my harp upon a tree,
A weeping willow in a lake;
I hang my silenced harp there, wrung and snapt
For a dream's sake.

Lie still, lie still, my breaking heart;
My silent heart, lie still and break:
Life, and the world, and mine own self, are changed
For a dream's sake.

蜃気楼

私が　夢見た希望は　夢だった
夢に過ぎなかった　今　私は目覚め
とても　慰めなく　疲れ　悲しい
夢のおかげで

私はハープを木に吊す
湖の中で　泣く柳　そこに吊すは
沈黙のハープ　引き絞られて　弦切れた
夢のおかげで

静かに横に　静かに横に　裂けるこころよ
沈黙の　私のこころよ　地に横たわり　張り裂けよ
人生と　世界と　私自身は　姿を変える
夢のおかげで

Christina Rossetti

Song

When I am dead, my dearest,
Sing no sad songs for me;
Plant thou no roses at my head,
Nor shady cypress tree:
Be the green grass above me
With showers and dewdrops wet;
And if thou wilt, remember,
And if thou wilt, forget.

I shall not see the shadows,
I shall not feel the rain;
I shall not hear the nightingale
Sing on, as if in pain;
And dreaming through the twilight
That doth not rise nor set,
Haply I may remember,
And haply may forget.

歌

私が死ぬとき　いとしいひとよ
歌わないでね　悲しい歌は
植えてはいやよ　あたまに薔薇は
影ある糸杉　その木もいやよ
緑の草を　私の上に
そぼ降る雨と露に濡れ
あなたが望めば　思い出してね
あなたが望めば　忘れてもいい

私は見ません　影なんか
感じませんよ　雨なんか
私は聞かない　夜啼鳥
歌い続けて　痛みの歌を
夜明け前には　夢の中
日は昇らないし　沈まない
そしたらおそらく　思い出す
そしたらおそらく　忘れ去る

Christina Rossetti

Echo

Come to me in the silence of the night;
Come in the speaking silence of a dream;
Come with soft rounded cheeks and eyes as bright
As sunlight on a stream;
Come back in tears,
O memory, hope and love of finished years.

O dream how sweet, too sweet, too bitter-sweet,
Whose wakening should have been in Paradise,
Where souls brim-full of love abide and meet;
Where thirsting longing eyes
Watch the slow door
That opening, letting in, lets out no more.

Yet come to me in dreams, that I may live
My very life again though cold in death;
Come back to me in dreams, that I may give
Pulse for pulse, breath for breath:
Speak low, lean low,
As long ago, my love, how long ago.

クリスチーナ・ロセッティ

こだま

いらっしゃい　わたしのもとに　夜のしじまの中
いらっしゃい　夢のお話する　静けさの中
いらっしゃい　やわらかな　まん丸頬と　小川を照らす
陽の光のように　輝く目を持つ　あなた
戻っていらっしゃい　涙をたたえて
この世で終えた　思い出　希望　愛よ！

夢よ　なんと甘い　甘すぎる　あまりにも苦く甘い
夢の目覚めは　きっと　ずっと　天国の中
溢れる愛が　霊を迎える
早くいらっしゃいと　待ち望む目が
のろまな扉を見つめているの
開き　入ると　永久の王宮

でも　いらっしゃい　夢の中を　そこで　わたしは
まことの人生を再び生きる　死は冷たいけれども
夢の中　戻っていらっしゃい　わたしのもとへ
わたしはあげる　脈には脈を　息には息を
しゃべりなさい　低い声で　屈みなさい　低く
昔のように　恋人よ　昔のように

83

Christina Rossetti

Up-Hill

Does the road wind up-hill all the way?
 Yes, to the very end.
Will the day's journey take the whole long day?
 From morn to night, my friend.

But is there for the night a resting-place?
 A roof for when the slow dark hours begin.
May not the darkness hide it from my face?
 You cannot miss that inn.

Shall I meet other wayfarers at night?
 Those who have gone before.
Then must I knock, or call when just in sight?
 They will not keep you standing at that door.

Shall I find comfort, travel-sore and weak?
 Of labour you shall find the sum.
Will there be beds for me and all who seek?
 Yea, beds for all who come.

丘に上がる

丘の道は　ずっと上り坂なの？
　　そうさ　終わりまで
その旅路は丸一日かかるの？
　　朝から夜までさ　きみ

でも　夜　休む場所はあるの？
　　屋根さ　ゆっくりと暗い時間が始まれば
夜の闇で　見えなくはない？
　　宿屋はすぐわかるさ

夜に　他の旅人に会うかしら？
　　先に行った人にはね
戸を叩いたり　見えたら呼ぶの？
　　扉のところで長くは待たせないよ

旅の傷や疲れから　楽になれるかしら？
　　苦労は　まとめて報われる
私のベッドはある？　巡礼　皆にベッドはある？
　　あるさ　来る人すべてにベッドはあるよ

Christina Rossetti

Dream Land

Where sunless rivers weep
Their waves into the deep,
She sleeps a charmed sleep:
Awake her not.
Led by a single star,
She came from very far
To seek where shadows are
Her pleasant lot.

She left the rosy morn,
She left the fields of corn,
For twilight cold and lorn
And water springs.
Through sleep, as through a veil,
She sees the sky look pale,
And hears the nightingale
That sadly sings.

Rest, rest, a perfect rest
Shed over brow and breast;
Her face is toward the west,
The purple land.
She cannot see the grain
Ripening on hill and plain;
She cannot feel the rain
Upon her hand.

Rest, rest, for evermore
Upon a mossy shore;

クリスチーナ・ロセッティ

夢の国

陽の光のあたらない　川は泣き
水底深く波打つ　その岸の脇
彼女は眠る　魅せられて
起こしてはならない
ひとつの星に導かれて
遠くから　探し求めて
やって来た　影はやさしく
その場所で　彼女を抱く

彼女は去った　薔薇色の朝を
彼女は去った　穀物畑を
冷たく孤独な　黄昏のため
そして水湧く泉たち
眠りの中で　ヴェールを透かして
彼女は見つめる　空は白けて
悲しく　さえずり聞こえて
夜啼鳥は　その歌歌う

やすらぎよ　今　完全に
落ち来たれ　眠る彼女の全身に
顔は向かう　西方へ
紫色の　その国へ
もはや見えない　穀物の種が
丘と野の中　熟していくのが
感じられない　雨の落下が
彼女の　その手の上に

やすらぎなさい　永久に
やすらぎなさい　苔むす岸に

Christina Rossetti

Rest, rest at the heart's core
Till time shall cease:
Sleep that no pain shall wake;
Night that no morn shall break
Till joy shall overtake
Her perfect peace

やすらぎなさい　こころの芯まで
時間が終わりと　なる日まで
どんな痛みにも　目覚めず眠る
どんな朝も　破れない夜
喜びが　やがて　追いつく
永久のやすらぎ　苦しみもなく

Emily Dickinson
エミリー・ディキンスン

アメリカ　1830 − 1886

Emily Dickinson

A bird came down

A bird came down the walk:
He did not know I saw;
He bit an angle-worm in halves
And ate the fellow, raw.

And then he drank a dew
From a convenient grass,
And then hopped sidewise to the wall
To let a beetle pass.

He glanced with rapid eyes
That hurried all abroad, —
They looked like frightened beads, I thought;
He stirred his velvet head

Like one in danger; cautious,
I offered him a crumb,
And he unrolled his feathers
And rowed him softer home

Than oars divide the ocean,
Too silver for a seam,
Or butterflies, off banks of noon,
Leap, splashless, as they swim.

小鳥が舞い降りた

小鳥が舞い降りた　小径に──
私が見ていたことを　彼は知らなかった
小鳥はみみずを半分に食いちぎり
生のままで　半身を食べた

手頃な　葉っぱから
露を飲んだ　ひとしずく
それから　甲虫が通るので
壁まで　横にピョンピョン跳んで行った

彼は眺めた　大急ぎの目で
見知らぬ庭を見渡した──
おびえたビーズ玉そっくり
彼はビロードの頭を振った

おそるおそる　注意して
私は彼に　パン屑を捧げた
彼は羽を拡げた　羽の櫂で
そして漕いで　帰って行った

ずっと柔らかに　櫂が海を分けるよりも
銀色すぎるわ　合わせ目には
昼の川岸から　蝶は飛ぶ　あるいは
水音ひとつ立てず　泳ぐように

Emily Dickinson

It's like the Light

It's like the Light —
A fashionless Delight —
It's like the Bee —
A dateless — Melody —

It's like the Woods —
Private — Like the Breeze —
Phraseless — yet it stirs
The proudest Trees —

It's like the Morning —
Best — when it's done —
And the Everlasting Clocks —
Chime — Noon!

エミリー・ディキンスン

それは光

それは　光——
型のない　喜び——
それは　蜂——
日付のない——メロディ——

それは　森——
この私だけの——息吹——
言葉の羅列はない——でも　ざわめき
高慢な　木々——

それは　朝——
一番いいわ　今　終わる——
永遠の　時計——
告げる——昼！

Emily Dickinson

Wild Nights — Wild Nights!

Wild Nights — Wild Nights!
Were I with thee
Wild Nights should be
Our luxury!

Futile — the Winds —
To a Heart in port —
Done with the Compass —
Done with the Chart!

Rowing in Eden —
Ah, the Sea!
Might I but moor — Tonight —
In Thee!

嵐の夜よ

嵐の夜よ——嵐の夜よ！
あなたと共に
嵐の夜とは
なんと　贅沢！

虚しい——風吹く——
心の港に——
羅針盤に　見捨てられ——
海図からも　捨てられて——

エデンを漕ぐ——
おお　海！
錨を下ろせたら——今宵——
あなたの中に！

Emily Dickinson

I felt a Funeral in my Brain

I felt a Funeral, in my Brain,
And Mourners to and fro
Kept treading — treading — till it seemed
That Sense was breaking through —

And when they all were seated,
A Service, like a Drum —
Kept beating — beating — till I thought
My Mind was going numb —

And then I heard them lift a Box
And creak across my Soul
With those same Boots of Lead, again,
Then Space — began to toll,

As all the Heavens were a Bell,
And Being, but an Ear,
And I, and Silence, some strange Race
Wrecked, solitary, here —

And then a Plank in Reason, broke,
And I dropped down, and down —
And hit a World, at every plunge,
And Finished knowing — then —

エミリー・ディキンスン

私は感じた葬式を

私は感じた　葬式を　頭の中で
弔問客が　行き来する
歩き続ける――歩いている――そのうち
全身の感覚は　だんだん逃げる――

彼らがみんな座ったときには
お葬式は　太鼓のように――
打ち続ける――打っている――そのうち
私の頭は　だんだん麻痺――

それから　箱の蓋を開ける音
軋む音　私の魂を貫く
同じ　鉛の長靴の音　再び
空は――弔いの鐘を始める

空じゅうに　鐘の音
響いている　皆に聞こえて
私は沈黙　少し変わった人種
ここで　孤独　難破して――

理性の厚板が　割れた
下に　下に　私は落ちた――
世界にぶち当たった　落下ごとに
知覚の終わり――それから――

Emily Dickinson

Come slowly — Eden!

Come slowly — Eden!
Lips unused to Thee —
Bashful — sip thy Jessamines —
As the fainting Bee —

Reaching late his flower,
Round her chamber hums —
Counts his nectars —
Enters — and is lost in Balms.

ゆっくりいらっしゃいエデンの園へ

ゆっくりいらっしゃい──エデンの園へ！
あなたに向かって初めて開かれる唇──
はにかみながら──ジャスミンの蜜を啜りなさい──
気を失う蜂の様に

花にやっと辿り着く
その部屋の周りを飛ぶ──
そして蜜の数を数える──
入り──香りに気を失う

Emily Dickinson

No Rack can torture me

No Rack can torture me —
My Soul — at Liberty —
Behind this mortal Bone
There knits a bolder One —

You cannot prick with saw —
Nor pierce with Scimitar —
Two Bodies — therefore be —
Bind One — The Other fly —

The Eagle of his Nest
No easier divest —
And gain the Sky
Than mayest Thou —

Except Thyself may be
Thine Enemy —
Captivity is Consciousness —
So's Liberty.

エミリー・ディキンスン

どんな拷問も私には苦しくはない

どんな拷問も私には苦しくはない――
私の魂は――自由に飛ぶ――
この私の骨の陰には
より強靱な存在が編まれている

のこぎりでも三日月刀でも
私を傷つける事は出来ない――
私には二つの体があるから――
一つを縛れば――もう一つは逃げ去る――

鷲が巣を
離れ空へ飛び行く
その様に　あなたは空を
飛び巡る事が出来る――

あなたの敵は
あなたしかいない――
囚われの身は単なる意識――
自由も同じよ

Emily Dickinson

I had not minded — Walls

I had not minded — Walls —
Were Universe — one Rock —
And fr I heard his silver Call
The other side the Block —

I'd tunnel — till my Groove
Pushed sudden thro' to his —
Then my face take her Recompense —
The looking in his Eyes —

But 'tis a single Hair —
A filament — a law —
A Cobweb — wove in Adamant —
A Battlement — of Straw —

A limit like the Veil
Unto the Lady's face —
But every Mesh — a Citadel —
And Dragons — in the Crease —

私は気にしない──壁など

私は気にしない ──壁など──
もし宇宙が── 一つの岩だとしても
遠くに私は神の呼び声を聞く
私は岩の塊に閉ざされている──

地面を掘って行こう ──私のトンネルが
突然彼の処に届くまで──
その時私は報いを受ける──
彼の御目を覗き込む──

それは一本の毛髪
細い糸──掟──
蜘蛛の糸──金剛石で織られている──
城壁──藁で出来ている──

それは道を閉ざすもの
婦人の顔を隠すヴェールの様
でもあらゆる織り目は──城壁となる──
そして竜は──襞の中──

Emily Dickinson

This is my letter to the world

This is my letter to the world,
That never wrote to me, —
The simple news that Nature told,
With tender majesty.

Her message is committed
To hands I cannot see;
For love of her, sweet countrymen,
Judge tenderly of me!

'Tis little I — could care for Pearls

'Tis little I — could care for Pearls —
Who own the ample sea —
Or Brooches — when the Emperor —
With Rubies — pelteth me —

Or Gold — who am the Prince of Mines —
Or Diamonds — when have I
A Diadem to fit a Dom —
Continual upon me —

私の詩は世界への私の手紙

私の詩は世界への私の手紙
私には手紙をくれた事のない世界への——
優しく威厳に満ちて
自然が語った素朴なニュース——

自然のメッセージは
私には見えない手に委ねられている——
自然を愛しているのなら——優しい——読者よ——
私を厳しく裁かないで下さい

私は真珠など欲しくはない

私は——真珠など欲しくはない——
私は広大な海を持っている——
ブローチもいらない——神が——
ルビーの雨を私の上に降らせてくれる——

金も欲しくはない——私は鉱山の王子——
ダイアモンドも欲しくはない——私は
持っている　大空に嵌まる王冠を
いつも私の上に在る——

Emily Dickinson

I never saw a Moor

I never saw a moor;
I never saw the sea,
Yet know I how the heather looks
And what a billow be.

I never spoke with God,
Nor visited in heaven.
Yet certain am I of the spot
As if the checks were given.

How happy is the little Stone

How happy is the little Stone
That rambles in the Road alone,
And doesn't care about Careers
And Exigencies never fears —
Whose Coat of elemental Brown
A passing Universe put on,
And independent as the Sun
Associates or glows alone,
Fulfilling absolute Decree
In casual simplicity —

私は荒野を見たことがない

私は荒野を見たことがない──
私は海を見たことがない──
でも私は　ヒースがどんな草だか
波がどんなものかを　知っている

私は神と話をしたことがない
天国を訪れたこともない──
でも私は知っている　その場所に確かに行けると
切符を貰ったみたいに

路傍に一つ転がる小さな石は

路傍に一つ転がる小さな石は
なんと幸せなこと
出世を思い煩うこともなく
病や死を恐れる事もない──
その素朴な茶色の服は
通りがかりの宇宙が着せた
たった一つで輝く太陽のように
他人に頼る事もなく
神の命を果たしている
何気なく単純に──

Emily Dickinson

The grave my little cottage is

THE GRAVE my little cottage is,
  Where, keeping house for thee,
I make my parlor orderly,
  And lay the marble tea,

For two divided, briefly,
  A cycle, it may be,
Till everlasting life unite
  In strong society.

On this wondrous sea

On this wondrous sea
Sailing silently,
Ho! Pilot, ho!
Knowest thou the shore
Where no breakers roar —
Where the storm is o'er?

In the peaceful west
Many the sails at rest —
The anchors fast —
Thither I pilot thee —
Land Ho! Eternity!
Ashore at last!

エミリー・ディキンスン

私の小さな家は墓

私の小さな家は墓
あなたの為に私は
居間を片づけ
大理石のお茶を用意します

今　二人は別れているけれど
それは束の間
やがて永遠の命が
二人を強く結び付けます

このおどろきの海の上を

このおどろきの海の上を
沈黙の航海
出発！　舵を取る人　出発！
あなた知っている　岸辺？
砕ける波は吠えない──
嵐は過ぎ去った

やすらぎの西の国に
たくさんの帆が憩う──
錨は下ろされた──そこへ
私はあなたを連れて行く──
その国に　出発！　永遠に！
ついに　上陸！

111

Amy Lowell

エイミー・ローエル

アメリカ 1874 — 1925

Amy Lowell

Autumn

All day I have watched the purple vine leaves
Fall into the water.
And now in the moonlight they still fall,
But each leaf is fringed with silver.

Circumstance

Upon the maple leaves
The dew shines red,
But on the lotus blossom
It has the pale transparence of tears.

秋

昼　わたしは眺めていた　紫の葡萄の葉
舞い落ちて行った　池の中へ
今　月の光の中で　葉は落ち続ける
でも　銀色の縁取り

風景

楓の葉の上
露は　赤い輝き
でも　蓮の花の上では
水晶の　涙です

Amy Lowell

Vicarious

When I stand under the willow-tree
Above the river,
In my straw-coloured silken garment
Embroidered with purple chrysanthemums,
It is not at the bright water
That I am gazing,
But at your portrait,
Which I have caused to be painted
On my fan.

Near Kioto

As I crossed over the bridge of Ariwarano Narihira,
I saw that the waters were purple
With the floating leaves of maple.

身代わり

柳の木の下に　私は立つ
川岸に
着ているのは　麦藁色の絹のドレス
紫色の菊の花の刺繍入り
見つめているのは　光る水ではない
あなたの肖像
描いてもらったの
私の扇に

京都に近く

在原業平の橋を渡った
川の波は紫色
もみじが浮かんでいた

Yoshiwara Lament

Golden peacocks
Under blossoming cherry-trees,
But on all the wide sea
There is no boat.

A Year Passes

Beyond the porcelain fence of the pleasure garden,
I hear the frogs in the blue-green rice-fields;
But the sword-shaped moon
Has cut my heart in two.

The Emperor's Garden

Once, in the sultry heats of Midsummer,
An Emperor caused the miniature mountains in his garden
To be covered with white silk,
That so crowned
They might cool his eyes
With the sparkle of snow.

吉原の嘆き

金色の孔雀たち
桜の並木の下
広い海にはどこにも
舟はないのに

一年過ぎる

歓喜の庭の　陶磁器の柵の向こう
蛙鳴く声　青緑の稲の畑で
剣の形の月が
私のこころを二つに斬った

ミカドの庭

かつて　夏の盛りに　暑さにうんざり
帝はお庭の　山を模した石に
白い絹をおかぶせになった
冠をかぶり
お目は涼やか
雪の輝き

One of the "Hundred Views of Fuji" by Hokusai

Being thirsty,
I filled a cup with water,
And, behold! Fuji-yama lay upon the water
like a dropped leaf!

Nuance

Even the iris bends
When a butterfly lights upon it.

Nuit Blanche

The chirping of crickets in the night
Is intermittent,
Like the twinkling of stars.

北斎「富士百景」より

喉が渇いたので
私は茶碗に水を入れた
あら　見て！　富士山が水の上
ポトンと落ち葉！

ゆらぎ

あやめも首をかしげる
蝶が一匹　花の上

白夜

コオロギが鳴く　夜
声は聞こえ　止む
星のまたたき

Amy Lowell

Spring Dawn

He wore a coat
With gold and red maple leaves,
He was girt with the two swords,
He carried a peony lantern.
When I awoke,
There was only the blue shadow of the plum-tree
Upon the shoji.

Again the New Year Festival

I have drunk your health
In the red-lacquer wine cups,
But the wind-bells on the bronze lanterns
In my garden
Are corroded and fallen.

春の曙

彼は　羽織を着ていた
金色とくれないのもみじの葉
彼は　二本の剣を差していた
彼は　牡丹の提灯を下げていた
目覚めると
ただ　梅の木の影
青く　障子に

お正月再び

私は飲み干した　あなたの健康
赤い漆のお酒の盃
青銅の提灯の上の　風鈴は
私の庭で
腐蝕れて　落ちた

The Kagoes of a Returning Traveller

Diagonally between the cryptomerias,
What I took for the flapping of wings
Was the beating feet of your runners,
O my Lord!

Outside a Gate

On the floor of the empty palanquin
The plum petals constantly increase.

Road to the Yoshiwara

Coming to you along the Nihon Embankment
Suddenly the road was darkened
By a flock of wild geese
Crossing the moon.

帰る旅人の駕籠

斜めに　両側は杉の木立
羽ばたきと思ったのは
駕籠を担いで走る　あなたたちの
叩く足の音　あらまあ！

門の外

空っぽの輿の床には
降りしきる　梅の花びら

吉原への道

川岸の道　歩いてみれば
突然　道は　暗い影
雁の群飛び
月を横切る

Amy Lowell

A Daimyo's Oiran

When I hear your runners shouting:
"Get down! Get down!"
Then I dress my hair
With the little chrysanthemums.

Constancy

Although so many years,
Still the vows we made each other
Remain tied to the great trunk
Of the seven separate trees
In the courtyard of the Crimson Temple
At Nara.

Autumn Haze

Is it a dragon fly or maple leaf
That settles softly down upon the water?

大名の花魁

あなたの先触れ　命令の声
「下に！　下に！」
聞いて私は　髪に簪
小菊の花　挿し

変わらぬ心

何年も経ったのに
二人の誓いは
結ばれたまま　あの大きな樹の幹に
別々の　七本の木が一緒の根元
奈良にある
紅の寺の　その境内で

秋の露

蜻蛉なのかな　もみじの葉っぱ？
そっと水面に舞い降りたのは？

Amy Lowell

Twenty-Four Hokku on a Modern Theme

I
Again the larkspur,
Heavenly blue in my garden.
They, at least, unchanged.

II
Have I hurt you?
You look at me with pale eyes,
But these are my tears.

III
Morning and evening —
Yet for us once long ago
Was no division.

IV
I hear many words.
Set an hour when I may come
Or remain silent.

V
In the ghostly dawn
I write new words for your ears —
Even now you sleep.

エイミー・ローエル

私のための24の発句集

I
飛燕草
庭に咲く青
またの春

Hiensou
niwani saku ao
matano haru

II
傷ついた？
まなこ青ざめ
わが涙

Kizu tsuita?
manako aozame
waga namida

III
朝と夜——
そもそも昔
別れなく

Asa to yoru —
somosomo mukashi
wakare naku

IV
語の多数
来るか黙るか
時定め

Gono tasuu
kuruka damaruka
toki sadame

V
酷き朝
君に歌書く
眠る耳

Mugoki asa
kimini uta kaku
nemuru mimi

VI
This then is morning.
Have you no comfort for me
Cold-coloured flowers?

VII
My eyes are weary
Following you everywhere.
Short, oh short, the days!

VIII
When the flower falls
The leaf is no more cherished.
Every day I fear.

IX
Even when you smile
Sorrow is behind your eyes.
Pity me, therefore.

X
Laugh — it is nothing.
To others you may seem gay,
I watch with grieved eyes.

VI

朝の花
私つれない？
冷たさよ

Asano hana
watashi tsurenai?
tsumetasa yo

VII

疲れ目で
あなたを追って
日の長く

Tsukare me de
anata wo otte
hino nagaku

VIII

花散ると
葉は見捨てられ
日々怖れ

Hana chiruto
ha wa misuterare
hibi osore

IX

微笑めど
君が憂いの
影ありて

Hohoeme do
kimiga ureino
kage arite

X

さんざめく
君の笑いに
見る哀し

Sanza meku
kimino warai ni
miru kanashi

XI
Take it, this white rose.
Stems of roses do not bleed;
Your fingers are safe.

XII
As a river-wind
Hurling clouds at a bright moon,
So am I to you.

XIII
Watching the iris,
The faint and fragile petals —
How am I worthy?

XIV
Down a red river
I drift in a broken skiff.
Are you so brave?

XV
Night lies beside me
Chaste and cold as a sharp sword.
It and I alone.

エイミー・ローエル

XI
白き薔薇　　　　　　　*Shiroki bara*
茎は棘なく　　　　　　*kukiwa toge naku*
君無傷　　　　　　　　*kimi mukizu*

XII
川風の　　　　　　　　*Kawakaze no*
遠吠えのごと　　　　　*tooboeno goto*
われ君に　　　　　　　*ware kimini*

XIII
あやめ咲く　　　　　　*Ayame saku*
花弁儚き　　　　　　　*kaben hakanaki*
わが命　　　　　　　　*waga inochi*

XIV
赤い川　　　　　　　　*Akai kawa*
われ漂うは　　　　　　*ware tadayou wa*
壊れ舟　　　　　　　　*koware bune*

XV
夜添い寝　　　　　　　*Yoru soine*
鋭い剣の　　　　　　　*surudoi kenno*
つれなさよ　　　　　　*tsurenasa yo*

133

XVI
Last night it rained.
Now, in the desolate dawn,
Crying of blue jays.

XVII
Foolish so to grieve,
Autumn has its coloured leaves —
But before they turn?

XVIII
Afterwards I think:
Poppies bloom when it thunders.
Is this not enough?

XIX
Love is a game — yes?
I think it is a drowning:
Black willows and stars.

XX
When the aster fades
The creeper flaunts in crimson.
Always another!

XVI
昨夜雨
淋しき朝に
カケス泣き

Sakuya ame
samishiki asani
kakesu naki

XVII
泣くなかれ
秋は紅葉──
そっぽ向くとも

Naku nakare
akiwa kouyou
soppo muku tomo

XVIII
のちおもう──
雷に罌粟
それだけで

Nochi omou ―
kaminarini keshi
soredake de

XIX
愛ゲーム
溺れる星と
黒柳

Ai ge-mu
oboreru hoshi to
kuroyanagi

XX
紫苑褪せ
葛深紅に
番代えて

Shion ase
kazura shinkuni
ban kaete

Amy Lowell

XXI
Turning from the page,
Blind with a night of labour,
I hear morning crows.

XXII
A cloud of lilies,
Or else you walk before me.
Who could see clearly?

XXIII
Sweet smell of wet flowers
Over an evening garden.
Your portrait, perhaps?

XXIV
Staying in my room,
I thought of the new Spring leaves.
That day was happy.

'Twenty-Four Hokku on a Modern Theme' appeared first in *Poetry 18* (June 1921): 124-27., and was reprinted in the posthumous *What's O'clock*, Edited by Ada Dwyer Russell. Boston: Houghton Mifflin Co., 1925. This book was awarded the Pulitzer Price in 1926, a year after her death.

XXI
夜読書   *yoru dokusho*
視力衰え   *shiryoku otoroe*
朝の鶏   *asano tori*

XXII
百合の花？   *Yurino hana?*
歩く君が背？   *aruku kimiga se?*
わかたれぬ   *wakatarenu*

XXIII
                                        Nureta hana
濡れた花   *itoshi kimino ka*
いとし君の香   *niwa kurete*
庭暮れて

XXIV
部屋ごもり   *Heya gomori*
思いは春の   *omoi wa haruno*
若緑   *wakamidori*

＊本発句集は最初は 1921 年六月に「ポエトリ 18」に発表され、エイミー・ローエル の死後に出版された『今何時』に再録された。アダ・ドイヤー・ラッセル編集、1925 年、ボストン・ホートン・マフィン出版社刊。本著は 1926 年度のピューリッツア賞 を受賞。詩人の死の一年後。

Amy Lowell

Proportion

In the sky there is a moon and stars,
And in my garden there are yellow moths
Fluttering about a white azalea bush

Carrefour

O you,
Who came upon me once
Stretched under apple-trees just after bathing
Why did you not strangle me before speaking
Rather than fill me with the will white honey of your words
And then leave me to the mercy
Of the forest bees?

Wind and Silver

Greatly shining,
The Autumn moon floats in the thin sky;
And the fish-ponds shake their backs and flash their dragon scales
As she passes over them.

均衡

空には　月と星
庭には　黄色の蛾が
はばたく　一群の白薊

四つ辻

あなた
いつか来てくれました　私の元へ
林檎の木の下で　水浴びのあと　伸び伸び昼寝
なぜ私の首を絞めてくれなかったの？　お話してから
私を言葉の白い密で充たし　あなたは去った
おかげで　私は森の蜂に刺されっぱなし

風と銀

大きく輝き
秋の月はぽっかり浮かぶ　痩せた空に
池の鯉は背をふるわせる　竜のうろこは一瞬光る
月は過ぎて行く　はるかに高く

The Fisherman's Wife

When I am alone,
The wind in the pine-trees
Is like the shuffling of waves
Upon the wooden sides of a boat.

Prime

Your voice is like bells over roofs at dawn
When a bird flies
And the sky changes to a fresher colour.

Speak, speak, Beloved.
Say little things
For my ears to catch
And run with them to my heart.

漁師の妻

ひとりで聞く
松を過ぎる風
波はざわめく
舟の脇板と口づけ

盛り

あなたの声は　夜明けの空を渡る鐘の音
鳥が一羽　飛ぶ
空は明るく　色を変える

話して　話して　いとしい人よ
ささいなことを
耳打ちしてね
走って来るのよ　こころ深くに

Vespers

Last night, at sunset,
The foxgloves were like tall altar candles.
Could I have lifted you to the roof of the greenhouse,
my Dear,
I should have understood their burning.

Middle Age

Like black ice
Scrolled over with unintelligible patterns
by an ignorant skater
Is the dulled surface of my heart.

夕べの祈祷

きのうの夜　日没のとき
ジキタリスの花は　高い祭壇の蝋燭のよう
あなたを持ち上げたかった　温室の屋根まで
恋人よ
私のこころは燃えていたから

中世

それは　黒い氷
見分けのつかない模様の渦巻き
無知なスケーターの滑った跡
私のこころの表面に　影を落とす

Amy Lowell

In a Garden

Gushing from the mouths of stone men
To spread at ease under the sky
In granite-lipped basins,
Where iris dabble their feet
And rustle to a passing wind,
The water fills the garden with its rushing,
In the midst of the quiet of close-clipped lawns.
Damp smell the ferns in tunnels of stone,
Where trickle and plash the fountains,
Marble fountains, yellowed with much water.
Splashing down moss-tarnished steps
It falls, the water;
And the air is throbbing with it.
With its gurgling and running.
With its leaping, and deep, cool murmur.
And I wished for night and you.
I wanted to see you in the swimming-pool,
White and shining in the silver-flecked water.
While the moon rode over the garden,
High in the arch of night,
And the scent of the lilacs was heavy with stillness.
Night, and the water, and you in your whiteness, bathing!

庭

ほとばしり出る水　石の男たちの口から
空の下　ゆうゆうと拡がる
御影石の水盤の中
あやめの花が彼らの脚を濡らし
過ぎる風にさざめく場所
庭一杯に　水の奔流
刈り込んだ芝生の静けさを貫く
シダのにおいは湿る　石のトンネルの中では
水はしたたり落ちる　しずくの音
噴水の大理石は　水が多すぎて黄ばんでいる
ほとばしる水は　色褪せた石段を　飛沫を立てて
下る　落ちて行く
大気は　一緒に鼓動する
わめきながら　流れて行く
跳び跳ねる　ざわめく　池は深く冷めたい
私は恋い焦がれた　夜とあなたを
見たかった　あなたが　水を浴びて
白く輝くのを　銀色まだらの波を立て
月は　庭の上をめぐった
高く　夜の弓の形に
静けさに　百合の香りがきつすぎる
夜と水とあなた　水を浴びる　白い裸身

Aubade

As I would free the white almond from the green husk
So would I strip your trappings off,
Beloved.
And fingering the smooth and polished kernel
I should see that in my hands glittered a gem beyond counting.

Apples of Hesperides

Glinting golden through the trees,
Apples of Hesperides!
Through the moon-pierced warp of night
Shoot pale shafts of yellow light,
Swaying to the kissing breeze
Swings the treasure, golden-gleaming,
Apples of Hesperides!.

Far and lofty yet they glimmer,
Apples of Hesperides!
Blinded by their radiant shimmer,
Pushing forward just for these;
Dew-besprinkled, bramble-marred,
Poor duped mortal, travel-scarred,
Always thinking soon to seize

朝の別れの歌：オーベイド

あなたを自由にしたい　アーモンドの白い実よ　緑の殻から
がんじがらめの網の衣を剥いであげるわ
いとしい人よ
すべすべした中身を指で撫で撫で
磨いた宝石　私の手の中　大事な大事な

ヘスペリディーズの林檎

金色の輝き　木々の間を
ヘスペリディーズの林檎！
月の光が貫く　夜のたわみに
黄色の光の矢を放ちなさい
接吻のそよ風に揺れながら
金色に輝き　宝はブランコ
ヘスペリディーズの林檎！

遠く高々　でもキラキラ
ヘスペリディーズの林檎よ！
眩しい光に目をくらまされ
ただ実を求めて進みゆく
露に撒かれ　イバラに刺され
哀れで愚かな人間は　旅に疲れ
いつも夢見る　すぐに掴み

And possess the golden-glistening
Apples of Hesperides!.

Orbed, and glittering, and pendent,
Apples of Hesperides!
Not one missing, still transcendent,
Clustering like a swarm of bees.
Yielding to no man's desire,
Glowing with a saffron fire,
Splendid, unassailed, the golden
Apples of Hesperides!

手に入れられると　金色の果実
ヘスペリディーズの林檎！

丸く　キラキラ　垂れ下がる
ヘスペリディーズの林檎！
ひとつも欠けず　いまだに超然
たわわに実をつける　蜂の群
どの人間の欲望にも屈せず
サフラン色の炎と　光る
すてき　護られた　金色の
ヘスペリディーズの林檎！

＊訳注
ヘスペリディーズとはギリシア神話中、大地の女神ガイアがゼウスとの結婚の祝い
としてヘラに贈った金の林檎の木（原詩では複数）が植えられている園を竜のラド
ンと共に守ったニンフたち。林檎は原詩では複数で、彼女たちが守った林檎の木の
実。林檎はまたギリシア神話中ではトロイ戦争の発端となったパリスの審判にも登
場する。ついでながらヘブライ神話では「創世記」中のエデンの園と林檎の連想も
明記する。

詩人紹介・詩人各論

Emily Brontë ✣ エミリー・ブロンテ

Elizabeth Barrett Browning ✣ エリザベス・バレット・ブラウニング

Christina Rossetti ✣ クリスチーナ・ロセッティ

Emily Dickinson ✣ エミリー・ディキンスン

Amy Lowell ✣ エイミー・ローエル

＜イギリス・UK ＞

エミリー・ブロンテ （1818 － 1848）
Emily Brontë

イギリス生まれ。1818 － 1848。ヨークシャーのソーントンで生まれ、ヨークシャーのホワースで没した。その生涯のほとんどをヨークシャーのホワース牧師館で過ごした。ホワースとはヨークシャー西部の村の名で、牧師館は拡がる荒れ野と墓地に囲まれた環境にあった。父は牧師。母はエミリーが三才の時に亡くなった。エミリーは六人の兄弟姉妹の五番目。小説家として名高いシャーロット・ブロンテ（代表作『ジェーン・エア』）は姉、アン・ブロンテ（代表作『アグネス・グレイ』）は妹。現在、ブロンテ三姉妹として名を知られている。エミリーも小説家として評価を得ている。むしろ現在、エミリー・ブロンテは生前出版された唯一の小説『嵐が丘』の作者として名を知られている。一方、詩の方は彼女の死後、1846 年に『キュラー、エリス、アクトン・ベル詩集』としてブロンテ三姉妹のペンネームにより姉により出版された。

母が早世したとき、当時生存していたシャーロットを含む三人の姉たちは寄宿制の「聖職者の娘の学校」に送られたが、シャーロット以外二人の姉はチフスと結核で死んだ。エミリーも送られたがすぐに返された。勉学の一方、牧師館の家事と日曜学校の教師の仕事などほとんど休みなく働いた日々の連続であったと思われる。彼女が残した文学はその合間に産み出された。

当時のイギリスは上流階級以外の女性が教育を受け、職を持ちまた文筆に従事することはいまだきわめて困難な時代であったが、牧師の娘ということもあり、また上流階級の子女の家庭教師の養

成目的もあり、エミリーは初めは「聖職者の娘の学校」で、次には家で牧師である父と叔母によって、次にはシャーロットと共に滞在したベルギーのブリュッセルでの女子用の学院で、そして独学で、フランス語、ドイツ語などの当時としては一応のかなりの教養を得ている。ネットサーチによればエミリーの職は現在、詩人・小説家の他に家庭教師とも記述される。

兄の葬儀に参列時に肺炎を得て短い生涯を終えた。

以下は二編のエミリー・ブロンテの詩訳再引用と解説である。

1. 「夢見る人」について

　　夢見る人　　　　　　　エミリー・ブロンテ

　家は沈黙　すべては眠っている
　ただ一人　はるか遠くを眺めている者がいる
　雪で覆われた草原　雲を　風は荒れ野を吹きまくる
　風にあおられ木々は呻く

　炉辺は温かい　絨毯を敷いた床は柔らかい
　窓からも戸からも　震える風は入って来ない
　小さなランプは燃える　光は強く遠くまで届く
　私はランプの芯を切る　旅人を導く星となるように

　父よ　私を咎めないで　母よ　私を叱らないでください
　あなたの奴隷達に命じて　私を見張っていてもいいです
　私に恥の汚名を着せて下さい　でも　誰も知らない
　天使が夜毎　凍った雪の道をやって来るのを

　私の愛する者はやがてやって来る　空気のように軽やかに

密かに　人間の罠から逃れ出て
きっと　私の言葉通りにやって来る
汚れのない信仰　私の人生は確かに報われる

小さなランプよ　燃えて！　光を放ちなさい　澄んだ光を
黙って！　翼の音が聞こえる　大気の中をはばたく音
天使よ　私はあなたを待ち焦がれます
あなたの力を信頼します　神様
あなたに　私の変わらない心を預けます

【解説】
エミリー・ブロンテは小説『嵐が丘』で知られているが彼女が詩
人でもあったことはあまり知られてはいない。だが日本では既に
最近では本田和也氏による和訳が出たと記憶する。

小説『嵐が丘』はヒースの野を吹き抜ける風とそこに生きる男と
女の愛憎の激しさで少女の頃の私に印象を刻んだ。また彼女が
『ジェーン・エア』の作者であるシャーロット・ブロンテの妹で
あり、『アグネス・グレイ』のアン・ブロンテの姉であったとい
うことも、そして三人とも父を牧師に持つ宗教的な環境に育った
ということにも留意した。だが『嵐が丘』の情念の激しさは牧師
の娘としての生まれとどう結び付くのか私にはずっと謎であった。
一方、本詩はエミリー・ブロンテの素直な神への信仰を素直に詩
と表現している点で感銘の引用である。だが。ここでも風は荒れ
野を吹きまくる。詩人はあたたかい炉辺を想定する。寒さ（イギ
リスでは夏でも寒い）の中、詩人は神と愛・光の到来を待ち望む。

エミリー・ブロンテは三十歳の短い生涯であった。兄の葬儀の際
に風邪をひき、それがもとで結核を患ったとある。『嵐が丘』の激
しさは寒い荒野に生きる者の必死の生への希求であったのかもし
れない。凍てついたヒースの野を吹き抜ける嵐。その嵐はそこに
住む人々の心の中にも吹く。憎悪と愛と復讐と死。

詩人紹介・詩人各論

『嵐が丘』の構造をシェイクスピアの『ロミオとジュリエット』と『リア王』、そして『テンペスト（あらし）』という三つの作品の翻案・小説版であると分析はできる。『ロミオとジュリエット』の中で示されるモンタギュー家とキャピュレット家の敵対・憎しみとロミオとジュリエットという両家の二人の若者の愛・二人の恋の遮断は、ヒースクリフとキャサリンの愛（＝パッション・情熱）の愛の行方に示され、背景に二つの家——アーンショー家（キャサリンの生家）とリントン家（キャサリンの結婚先）——が対置されている。またヒースクリフの祖型は『テンペスト』の異形の怪物キャリバンではないか？　そして憎悪と復讐が渦巻く彼らの環境は「嵐が丘」とくくられる。ヨークシャーのヒースが生える（＝しか生えない）荒野（ムーア）である。その荒野と嵐と愛と憎悪とは裸の人間のあるがままの原始の姿として既にシェイクスピアが『リア王』で描いている。

だが、エミリー・ブロンテの嵐は、やはり彼女の薄命な生涯の中で理解されるべきである。アイルランド系の牧師（ケンブリッジ大学・神学部卒）を父に持ったという家系からもその孤独と差別への復讐を、読み取れるかもしれない。だが、寒いムーア（荒野）に生きる者、言い換えれば寒い、厳冬の風が吹き抜けるばかりの荒野、ヨークシャーの大地にしか生きさせてもらえなかった一人の女の、耐えに耐え抜いた現実と厳しい自然環境と、その中での、生きたいという生への激しい燃焼をむしろ示しているのではないだろうか？

アーンショー家の新たな主、キャサリンの兄ヒンドリーによって遮断されたヒースクリフのキャサリンへの情熱は、そして彼をおとしめた者たちへの憎悪は、エミリー・ブロンテ自身の情熱と憎悪を反映しているのではないか？　エミリー・ブロンテもまた、「ボバリー夫人は私だ」と言ったと伝えられるフロベールのように、「ヒースクリフは私だ」と言いたかったのではないか？

155

実は、ヒースクリフという、荒れ野に生えるヒースと崖（クリフ）とをプラスされた名前を持つ作中人物のひとりは、私にとって謎であり続けた。『テンペスト』の怪物キャリバンをも想定されるキャラクター造型を持つヒースクリフとは何者なのか？　私はヒースクリフとはエミリー・ブロンテの分身だという結論を既に出したわけであるが、それは死ばかりに囲まれ、厳しい北の自然の中に生きる他はなかったブロンテの、精一杯の抵抗と叫びでもあったような気がする。男性と造型されたヒースクリフを通して、エミリー・ブロンテは自分の抵抗と叫びと愛と情熱を私たちにぶつけたのではなかっただろうか？

彼女の三十年の生涯は、光とぬくみと自由を絶えず求めつつ、束の間この世を走り抜けた獰猛な嵐である。男性と造型されたヒースクリフは、また、当時のイギリスの社会制度・階級制度の中では男性と同等の教育も職も制限されていた、一人の有能な女の精一杯の復讐、叫び、反抗、そして呪いであったかもしれない。彼女はヒースクリフを小説中で大活躍させ、だがその作品は生存中は社会的な評価を得られず、そして世を去った。

詩にも読み取れる彼女のその激しさはまた、短い生を精一杯に駆け抜けた、だがその一瞬に燃える生と光と愛を激しく求めて去った、一人の女の束の間の、だが永遠の声であろう。

私には、既にかれこれ二十五年前のイギリス旅行の折にヒースの野を訪れた記憶がある。ヒース（原語はヘザー）は咲いてはいたと記憶するが荒れ野を這う雑草との印象。あら？　との思いではあった。日本人がよく訪れる地とのガイド氏の説明。ヒースの紫色はだが花色としての美しさではなく、風が吹き抜ける凍て付いた荒れ野を覆う色と私は今、理解する。

2. 「冷たく地に横たわり」について

　　冷たく地に横たわり　　　エミリー・ブロンテ

冷たく地に横たわる
雪は地の上に積もりゆく　深々と
冷たくわびしい墓に横たわる
私は忘れ果てたのか？　キリストよ　あなたを愛することを
時のすべてを切り裂く力に　裂かれて

今　たった一人
私の思念はもはや羽ばたくことがないのか？
山々の上を　あの北の岸辺を
羽を休めてしまい
ヒースやシダの葉が覆ってしまったのか？
あなたの気高い心を　永遠に

冷たく地に横たわる
十五の荒々しい十二月が
茶色の丘からやってきて　春へと溶け去った
何と魂は忠実なこと
変化と苦しみの時の後に　あなたを覚えている

主よ　許して下さい！　もし私があなたを忘れていたとしたら
世界の潮の中に私が漂っていた間に
他の願望や他の希望に取り巻かれていた間に
希望はあなたの姿を曇らせる　でもあなたを決して忘れません

いまこそ光は私の天を照らし
いまこそ朝は私のために輝く
すべての人生の幸福はあなたによって与えられた
すべての墓の中の幸福は　あなたと共にある

金色の夢が消え果てた時
欲望さえも破壊の力を失った時
その時私は知った　どんなに私の生が慈しまれるか
強くされ　喜びの助けなくとも育まれるか

そのとき私は無意味な情熱の涙を流すのを止めた
あなたをあこがれる思いを断ち切った
厳しく拒否した　私の墓へ急ぐ　燃える思いを
既にあなたの　ものである墓

でも私は今あなたを再び追い求める
あなたと出会うよろこびの　痛みの中に身を委ねまい
天なる苦しみの杯を　飲み干したからには
再びあなたがいない世界は　求められない

【解説】
彼女の作になる有名な小説『嵐が丘』は映画化されている。ローレンス・オリビエ主演である。それは今なお続くエミリー・ブロンテの人気を物語るだろう。彼女の作品は生前はほとんど評価を受けなかった。すなわちエミリーは二百年後の彼女の人気を知らずに逝去した。死後かなりしてからやっと評価を受ける、これはエミリーのみではなくかなりの数の詩人・文学者に当てはまる事実ではある。だがやはりせめてその評価の片鱗でも生前のエミリーは知っていてほしかったと思う。孤独と嵐との対峙と日常的な煩雑な雑務と、そしてこれも孤独な神への語りかけの中で、彼女は短い生涯を終えた。

概してブロンテ姉妹の作品の特色はゴシック様式と言われる死・墓・廃屋・狂気などへの不気味な言及でもある。英国ロマン派と死・幽霊・怪物・墓など暗黒・不気味の世界への言及は興味深く特筆すべきであろう（代表はメアリ・ゴッドウィンの『フランケンシュ

タイン』)。

本詩を引用しつつ私の興味を惹いたことは、エミリー・ブロンテの孤独とその中での神への語りかけの強さである。それも墓(自分の墓)を想像しながらの、必死の自分との、神との語りかけである。夢がすべて消え去ったどん底の中で、それゆえになお自分の生が強まったと知る彼女の信仰の強さである。孤独と無意味と苦しみと希望の消失の中でなお知る神への愛の強まり、それはやはり英国の詩の土壌の中で生きる信仰の姿と一人の短命な女の詩の驚嘆である。その伝統の強さを思わないわけにはいかない。エミリーは牧師の娘として生まれたが、その短い生の間、神とのひたすらの孤独の対話の中で生きた。他の何者にも依存しない孤独の強さは彼女の信仰と詩の強さとして今なお私たちの前にある。

Wuthering Heights

エリザベス・バレット・ブラウニング （1806 - 1861）
Elizabeth Barrett Browning

イギリス生まれ。イタリア・フィレンツェに居住・没。1806 - 1861。詩と夫ロバート・ブラウニング（1812 - 1889）とイタリアへの情熱がエリザベス・バレット・ブラウニングの詩作の基本である。少女期はイギリス南西部のデヴォン州のマルヴァーン丘で過ごし、やがてロンドンに住むが背骨に病を得た。彼女はロバート・ブラウニングと出会い恋に落ちたが、彼女の父親は彼との結婚を赦さなかった。やがて二人は家出してイタリアに逃避行。イタリア・フィレンツェに滞在した。彼女は生涯許されてロンドンに戻ることはなかった。夫のロバートは彼女の死後にロンドンに一時戻るがその後再びイタリアに戻り、没。だが彼の墓はウエストミンスター寺院にある。

今二人はイタリア詩人ではなくイギリス詩人と分類される。

二人は 1846 年に結婚。ちなみにソネット —— 押韻 14 行定型詩 —— はかつてルネサンス期にメディチ家が統治・芸術庇護に励んだフィレンツェの詩人、ダンテやペトラルカ等によって完成され、シェイクスピアやスペンサー卿、シドニー卿など他のイギリスルネサンス期・エリザベス朝の詩人、そしてワーズワース、ボードレールなどに受け継がれつつ現在でもいまだ世界中で人気の詩形式である。厳格で多彩な押韻形式を持つ。

エリザベス・ブラウニングの特色は次に編集されるクリスチーナ・ロセッティと共に、発祥をイタリアと目される定型詩の一種・ソネット形式を多く残し、また夫（六歳下）と共にイギリス・ロンドンを逃れてイタリアに、それもルネサンスの中心地だったフィレンツェに住んだことでもあろう。イギリス・イタリア両地

にその生涯が渡っていることはクリスチーナ・ロセッティに似るが、興味ある点は、エリザベスがイギリス生まれで自由を求めてイタリアへ駆け落ちした経緯であるに対し、クリスチーナ・ロセッティは政治的な自由を求めてロンドンへ移住したイタリア移民夫妻の娘であることである。国の選択が両者は逆のベクトルを示す。だがその総合的な彼女等の詩のアイデンティティ評価は私としては興味深い。

エリザベスのソネットはむしろイタリアのダンテの宗教性を受け継ぎ、一方ロセッティのソネットはイタリアのマドリガル（ルネサンス期歌謡）の軽さとイギリスのシェイクスピアの人間への愛の歌を踏襲している。

だが、両者ともそろってイギリス・ビクトリア朝の厳格な社会構造・道徳規範を逃避・乗り越える形で、詩の創作という形で自由な魂と精神を世に残した。

エリザベス・ブラウニングの詩をソネットも含めて訳している過程での私の印象は、人間の男よりもむしろ神への愛の語りかけが多く、またかなりの宗教的な厳格さ・孤独・死への瞑想を印象づけるという点である。この点ではエミリー・ブロンテとも類似するが、エミリーは貧しく短命であったゆえもあり生涯結婚することはなく独身であったことに対し、エリザベスは父に反抗して、恋人と国外へ逃亡してやがて結婚した反抗の経歴を持つ。

その反抗と六歳下の詩人・当時の恋人（ロバート・ブラウニング、やがて両者正式結婚）といわゆる駆け落ち・国外逃亡の勇気は彼女の詩の特色、起点・回帰点であるような気がする。エリザベスはまず女として、次いで詩人としての自由を求めた。それはビクトリア朝がしばしばその特色と理解される、道徳的な常識性と厳格さからの解放願望・抵抗であり、二人の逃げ場所がかつてのイタリアルネサンスの発祥地・中心地、フィレンツェであったという

点はやはり彼らの詩人としての知識・選択の見事さと確かさを意味する。
イタリアルネサンスがそもそも求めたものは、人間の自由と人間の愛の奪回と謳歌であった。

エリザベスのソネット詩に見るフィレンツェの詩人・ダンテとペトラルカへの回帰はまず、かなり死への深みを持つ宗教詩への傾倒という点で具現されていると見たい。その宗教性は「近代」の寓話・すなわち工業と産業の隆盛により中産階級的な常識性を敷衍していくイギリス・ビクトリア朝にあっては、詩人の精神の高貴性と詩人のステイタスを奪回する仕業であり、そして本来のヨーロッパ詩の豊穣の伝統の中枢に回帰しその伝統をそのただ中で引き続き求めていく、詩人としてはむしろ豊穣を詩に注ぎ込む行為であったと思う。彼女は神・キリストとの対話、愛と死の対話の中に人間として・詩人としての精神の自由と解放を見たのではなかったか。彼女の詩の起承転結の中に見られる宗教的・抽象的な思考の展開と論理の展開と誰か他者に対する常なる語りかけには、訳しながらしばしば驚嘆したことを特記したい。

だがその仕業が当時のイギリスを逃れてイタリア行きの中でしか具現されなかったという履歴は残念ではある。だが一方では、ヨーロッパ詩人・文学者に見る一連のイタリア志向——二十世紀ではD.H.ロレンスやエズラ・パウンド、トーマス・マン（=『ベニスに死す』）、またゲーテやハイネなどの一連のドイツロマン派の詩人——の中で、その彼らのあこがれであった「イタリア」の夢なる系譜の一員として、彼女の生涯はまた興味深い。

イタリアは彼らにとっては寒さ（イギリスもドイツも寒い）と彼らを取り囲む常識・世俗的な道徳の厳格さと常套さを救う、情熱と自由を意味していた。それは彼らの「寒い」現実への反抗であり、寒い現実へのアンチテーゼであった。そして、それは詩人としてよりも以前に、まずこの世に生きる人間としての当然の自由の希

求であった。

エリザベス・ブラウニングのもうひとつの情熱・アンチテーゼは、詩を書き続ける情熱であったと思う。当時は一般に女性の言論の自由・発言場所は（女王以外には）創作詩と文学・芸術の領域以外ではほとんど赦されてはいなかった時代であった。特にビクトリア朝の社会構造は女性に男性への絶対服従の厳格な道徳と母性を要求していた、特に中産階級には。

その中でのエリザベス・ブラウニングのもうひとつの位置は、女として恋愛・結婚の自由を果断に求めたその一点にもあると思われる。彼女はシェイクスピア作『ロミオとジュリエット』（場所はイタリア・ヴェローナ）のジュリエットのように、父親に果断に服従せず、ほとばしる情熱を控えずに、神と父親以外のひとりのより若い・ひとりの人間の男を愛する自由をまず選択した。
ブラウニング夫妻に息子ひとり。彫刻家として名高い。現在では夫・詩人ロバート・ブラウニングはイギリスビクトリア朝の代表的な詩人と評価されている。彼は長い劇詩を残している。

日本では、上田敏訳詩集『海潮音』中の「春の朝」がロバート・ブラウニング作として名調子の和訳によって今でも人気を保ち引用される。「春の朝」（＝原詩にはそのタイトルはない）はロバート・ブラウニングの劇詩「ピッパ過ぎる」からの一部引用である。ピッパという一少女がある出来事のあとで歌う清らかな歌として挿入されている。ついでながら。『ロミオとジュリエット』（シェイクスピア作）に示されているように、また前ラファエロ派の兄弟たちの両親、ロセッティ夫妻が当時の政治的な亡命を求めてイギリスに逃れて来たように、ルネサンス期以降もさらにイタリアは一方では政治的な確執と陰謀、権力への野心・暗殺で渦巻く国でもあった。

エリザベス・ブラウニングの長い物語詩（叙事詩の技法を用いる）

である「オーロラ・リー」の題名は一人の女性の名前である。これはブロンテ姉妹の小説の題名——シャーロット・ブロンテ作『ジェーン・エア』、アン・ブロンテ作『アグネス・グレイ』——が共に女性名をタイトルに選んでいることと共通して興味深い。当時、彼女たちはわずか小説・文学の中でのみ女性のアイデンティティを明記・謳歌できた（＝その中でしかできなかった）歴史的な当時の女性環境と呼応するのではと思う。

詩集に『ポルトガル人のソネット』（1850）・物語詩『オーロラ・リー』（1857）など。

クリスチーナ・ロセッティ（1830 - 1894）
Christina Rossetti

イギリス・ロンドン生まれ。1830 - 1894。イタリア系イギリス人。イタリア移民を両親に持つ。父は詩人のガブリエル・ロセッティ（1783 - 1845）で 1831 年からロンドン大学のキングス・カレッジでイタリア語を教えた。ダンテの研究で名高いが、1824 年にナポリから追放されてロンドンに来た亡命詩人であった。母は同じくイタリアからの亡命者の娘である。この父母に四人の兄弟姉妹が生まれた。クリスチーナ・ロセッティはそのひとりである。

兄はダンテ・ガブリエル・ロセッティ、彼はダンテの翻訳にも従事した詩人であるが、画家としても有名である。ラファエロ前派（原語はプレ・ラファエリット・ブラザーフッド）を組織。イタリアの伝統的な宗教画の歴史に新しさを加えている。また当時、美術工芸、家具調度、服飾やインテリアなど当時のロンドンのあらたな

芸術活動の中で幅広い活動を残したウィリアム・モリスや美術評論家ラスキンとも親交があった。イタリアの伝統芸術・美術をイギリスのビクトリア朝の芸術・美術に合体させた功績は大きい。

弟のウィリアム・マイケル・ロセッティの創始したこのラファエロ前派の詩誌に、クリスチーナ・ロセッティは詩を投稿している。この詩誌は短命に終わったが、彼女の詩を語る場合、兄弟姉妹を中心に組織した「ラファエロ前派」の活動は、詩人の芸術環境の利を語るだろう。ウィリアムは1904年（死後）にクリスチーナ・ロセッティの全集を編集・刊行している。
この二人を兄弟として持つクリスチーナ・ロセッティはやはりダンテやペトラルカの影響――ソネット形式の使用や詩の強い宗教性、愛の歌（神と人間の男性への愛両方）など、イタリアルネサンス期の代表的な伝統文化をイギリスに移植・接ぎ木している。

彼女はだがアングロ・カトリシズム（ハイ・チャーチの方、典礼や神秘・秘蹟を重んじる傾向）を信仰し続け、恋人がローマカトリックに改宗したため関係を絶ち、一生独身で信仰を貫き母と暮らした。その経緯は一連のソネットに告白・綴られている。

彼女の詩は兄の芸術と同じくイタリアの芸術文化の継承と再生の系譜の中で位置づけることができるだろうが、また、神と死、愛との常なる対話・宗教性、そして詩における孤独と情熱の格好の流出などの点においては、前訳のエミリー・ブロンテやエリザベス・バレット・ブラウニング（イタリアに居住）との類似・系譜とも位置づけることができよう。

同時にロセッティの詩は逆に、イタリアルネサンスの影響を強く受けて始まったイギリスルネサンス期＝エリザベス朝の詩と文学から、イギリス・ロマン派に至る伝統・系譜の新たな時代における継承と再生(後期イギリスロマン派をビクトリア女王の治世――1837から1901まで――に即してビクトリア朝詩人と呼ぶこともある)、また

165

は女性による、一貫したアングロ・カトリシズムの信奉とその信仰の再確認とも読み取れるだろう。ラファエロ前派は、その流れにイタリア移民が新たに棹挿しただけの、だが貴重な接ぎ木・補強策とも言えるのではないか？　クリスチーナ・ロセッティの場合は、見落としてはならない履歴はむしろ彼女の移民二世としてのイギリス志向である。

また彼女の父はロンドン大学のキングズ・カレッジのイタリア語のプロフェッサーでもあった。いわばステイタスとしてはイギリスのハイソサエティに半分居場所を赦された家族の一員でもある。シェイクスピアのソネットや戯曲を読み慣れた者には彼女の詩はなつかしい。そもそもイギリスはエリザベス女王（1世、1533 - 1603）時代の前後にイタリアルネサンス文化をダイナミックにイギリス文化に受容し、取り込んでいる。それはイギリス・ロマン派に流れ込む。

一方、彼女は現在、アルフレッド・テニスンやマシュー・アーノルド等と共にビクトリア朝詩人の代表の一人とも評価されている。「インドを失うともシェイクスピアを失うを得ず」とのシェイクスピアへの賛辞で有名なカーライル（1795 - 1881）もこの時代の文学者に入る。このカーライルの箴言に逆に示されているように、ビクトリア女王の治世はイギリスがインド、中国を含むアジア地域、そしてアフリカを含む海外での植民地政策と海外貿易・交易にさらに乗り出していった時代（例・アヘン戦争で香港奪取。1840 - 1842）でもあり、イギリスが世界的な「多元文化」と世界制覇・植民地政策を進んで取り込んでいった時代でもある。イタリア移民に始まるラファエロ前派の詩人たちをイギリス詩の正統に取り込んだことはこの背景と、そしてイギリス文化の多様性、そして当時のイギリスの世界規模での視野・度量の大きさとその時代背景を語るだろう。

一方、この時代は国内ではロンドンを中心に産業・工業化と都市

化が進み、中産階級が興隆し始めるが同時に環境問題や労使問題が紛糾する時代でもある（＝海外からの識者にはバブル崩壊前の日本に似ていた・似ているとの言辞あり）。工業化により富を得た中産階級は進んで土地保有を望み（＝ジェントルマン）、現在、歴史家から彼らはしばしば「スノッブ（＝紳士ではない・紳士気取り）」とも呼ばれる。

この時代背景でのクリスティーナ・ロセッティの登場は、ビクトリア朝のこのイギリスの世界制覇の夢と現実・工業化と中産階級の興隆と都市化・物質文明の崇拝とその繁茂の中で、イタリア・イギリスルネサンスの詩への回帰、アングロ・カトリシズム（ローマ・カトリシズムから分岐）の堅固な信奉による、イギリスの土着の宗教・文化を堅固に信奉し続けた「伝統保守」の苦闘、スノッブの時代への果敢な反抗であったとも見える（多くの場合、移民二代目はもはや移民ではない）。

あるいは同時に、当時のイギリス社会のスノッブぶり＝通俗性を補償する「夢」、あるいはイタリアの血による抵抗、あるいはヨーロッパの詩精神・その高貴性を求める道のりとも考えられるのではないか？　彼女の兄、ダンテ・ガブリエル・ロセッティは、イギリス側からアジア・東洋美術を含む当時の「エスニック文化」を進んで工業デザイン・インテリアデザインに取り込んだウィリアム・モリス（1834 － 1896）とも親交がある。モリスの妻との恋愛などいわゆる世紀末的な「芸術家」の生涯と芸術を生きたこの兄（イギリス的？イタリア的？）と、その妹として生きたクリスチーナ・ロセッティとの類似あるいは差異は今後の識者の助言を待つ。

だが、彼ら兄弟姉妹中心のラファエロ前派の夢はフロイトの夢（＝ドイツ・フランス系）ではなく、イタリアルネサンス時代の宗教画と文化、具体的には宗教画の伝統と、詩ではダンテ（キリスト教ライン：宗教性と愛）とペトラルカ（ルネサンスライン：愛とソネット形式）の夢である。このことは日本での受容ではいささか混乱を

招いているようであるので特筆したい。

主な著作に『詩集ゴブリンマーケット』（1862）、『シング・ソング童謡集』（1872、1893）など。有名な「誰が風を見たでしょう」の歌詞を含む。著作は神学論も含み多数。

<最後に>
一般に、エミリー・ブロンテ、エリザベス・バレット・ブラウニング、そしてクリスティーナ・ロセッティをも含めた、イギリスロマン主義時代からほぼビクトリア朝までのイギリス女性詩人たちの詩と生涯は、同時代の男性よりもはるかに狭い生活領域内を赦され（＝しか赦されず）、男性よりもはるかに低い諸権利と社会的な地位に甘んじる他はなく、結果としてひたすら空想と夢＝神への愛と死との対話の中で生きる他なかった女性詩の特色と意味としても理解される。彼女たちに唯一赦された神とキリストとの対話（しばしば非常に情熱的である）の詩的評価におけるジェンダーの問題——しばしばエロティックと評価される——そして神への愛の問題は強調したい。言い換えれば、わずかに赦された情熱・反抗の表出手段をひたすら詩と神とキリストに求めた人生と、その（＝女という弱き性の）詩人たちが残した、哀れではあるが同時にその生活圏の狭さにより逆に精神的には豊穣を極める生涯と文学との認識と再評価を待ちたい。彼女等の空想と有り余る想像力は現実を超えて生き神の国を見る。それがたとえ死を意味することであると知っても、彼女たちの人生は空想の無意味ではなく空想の豊穣である。

三人のうち特にエミリー・ブロンテはその生活圏は狭い。詩は結果として念入りに綴られた神との対話、孤独な宗教的な生活そのものである。だがそれは小説家として今では名高いオースティンやエミリー・ディキンスン（米）も同じである。

だがそれでもやはり、彼女たちは一般のイギリス中産階級・中産

階級以下の女性たちに比べれば幸運ではあった。男性と完全に同じでは到底あり得なかったが、教育は受けた。ブロンテ姉妹の場合はやはり父が聖職者で当時は牧師の娘たちは上流階級の子女の家庭教師（ガバネス）の職を望まれて、また将来牧師夫人となる教養を修めるために（当時は女は聖職者にはなれなかった。だがほぼ同じ事であるが牧師の妻として夫と共に教会奉仕が望まれた）設立された機関を通せば、聖職者の娘たちはかなりの女子教育は受けられたという事実と、やはり父親が聖職者であったという事実・家庭環境は見逃せない。ホワースの聖職者であった父は金銭的には苦労と推察されるが、一般に聖職者はイギリス社会の中では地位は低くはない。そして神学その他にかなりの教養を備えていたし、詩文学にも教養があった（ヨーロッパでは詩は神への祈祷の一種として教会内で朗読されることもあり、また今でも続く桂冠詩人の慣習のように、ギリシャ・ローマからの文化の継承としても非常に高い評価を受けている）。彼は同時に娘の教育に理解があった。ブロンテ姉妹は父からも教育を受けた。ちなみにブロンテ姉妹の父はアイルランドの血を引いている。父の持つ膨大な蔵書を姉妹は独学したようである。

そして訳出した詩人三人とも、両親、兄弟姉妹あるいは結婚相手がプロフェッサー、詩人あるいは文学者・芸術家であったという幸運な家庭環境は見逃せない。ある意味では彼女たちはその点でラッキーであったと言えば言えるが、それは言い換えれば神の恩寵に恵まれ、彼女たちなりの使命を要求されたということでもあろう。その陰で、筆を執りながら多くの女性・男性が無名のうちに死んでいったことも考慮に入れるべきである。中産階級上層以下の者が男女を問わず晴れて（平等に）詩人と呼ばれるようになるにははるか二十世紀後半、印刷術・メディア機関の更なる敷衍とウーマン・リブの更なる果敢な活動、そしてインターネットの出現を待つ。だがおそらくは今度は詩の通俗性・メディア性にどう対処していくか、はるかにビクトリア朝詩人に提示された問題と同じ問題が世界的に起こると予測する。

イギリス十八世紀から十九世紀はまた、印刷術の発明とその結果でもある小説という新たな文学メディアの誕生により、芸術庇護も含めて従来はほとんど貴族・王族の独占であった詩・文学の創作と発表（＝宮廷詩人と呼ばれる）がその庇護と商業性をも含めて中産階級、あるいは市民階級にまでだんだんと及んでいった時代でもある。これは現在では同時に女性にも詩・文学活動が赦されていった時代背景・経緯として理解できる。

＜アメリカ合衆国・USA ＞

エミリー・ディキンスン（1830 – 1886）
Emily Dickinson

アメリカ東部マサチューセッツ州アマースト生まれ、没。1830 – 1886。本名はエミリー・エリザベス・ディキンスン。ミドルネームがある。

エミリー・ディキンスンはマサチューセッツ州のダウンタウン地区からはかなり離れた静かな環境にあるアマースト（地名）の名家に生まれた。祖父はアマースト大学（原語は Amherst College. 名門・現在でも名高い）の創設者の一人である。アマースト大学は日本からは内村鑑三や新島襄が留学しており、世界的に活躍の多数の名士を排出した大学である。明治初期に札幌農学校で教えて帰国した、「ボーイズ・ビー・アンビシャス（少年よ大志を抱け）」で有名なクラーク博士（ウィリアム・スミス・クラーク）はアマースト大学の出身でありのちに同大学で教鞭を執った。アマースト大学の近

くの墓地に博士とエミリー・ディキンスンの墓がある。ちなみに、新島襄が創立者の一人として名を連ねる同志社大学にはアーモスト記念館がある。同志社の関係者は Amherst をアーモストと発音する。

エミリー・ディキンスンはこの大学の創始者の一人を祖父に持つニューイングランドの名家の生まれである。父は政治家（ホイッグ党から立候補、マサチューセッツ上院議員）・法律家（マサチューセッツ高等裁判所勤務）、同時にアマースト大学の出納係を勤めていた。母はエミリー・ノルクロス・ディキンスン、ひとりの兄と妹がいる。母は病気がちで寡黙な人柄であったと言われている。

妹、ラヴィニア・ノルクロス・ディキンスン（1833 − 1899）はエミリーの死後に彼女の詩稿を発見して編集・出版を果たした。初版は 1890 年。以降 1930 年代にわたり新たな詩が加えられて新版が次々と刊行されていった。1955 年には 1775 編の詩が編纂されて全集として刊行。現在ではいくつかのサイト・インターネットで総集版を見ることができる。

エミリー・ディキンスンは当時の女性として一般の勉学機会には現在ほどには恵まれてはいない。当時は女性は大学創立関係者の家族であってもアマースト大学など男性と同じ大学・高等教育機関には入れてはもらえなかったことはもちろんである（大学は当時は多くが男性聖職者用神学校）。その上、英米の当時の上流の子女、特に女子教育は、女性の住み込みの家庭教師か親族が彼らの一族の女性を集めて教育する一種の私塾の設立かに任されていたようである。前述したように聖職者の娘はその中で比較的に教育の機会に恵まれていた。家庭教師の職を得るためと将来は牧師夫人となって夫の活動を内助する目的である。

彼女はまず家から近いアマースト・アカデミー（旧男子用の学院・入学の二年前に女性にも門戸が開かれた）に通う。ここでラテン語、

西洋古典学他かなりの科目を学んでいる。

次には十七歳のとき家を離れ寄宿制のマウントホリヨク女学校
(現在では同名の女子大学。同じマサチューセッツ州内だがハンプ
シャーのサウスハドレーにある)に入学するがホームシックにかかっ
て在籍は一年に満たなかった。二度目のホームシックのときに兄
に連れ戻された。以降、エミリーはほとんどの生涯を彼女の両親
の家で過ごした。

だが付け加える。エミリーが逃げ出したマウントホリヨク女学校
は現在ではマウントホリヨク女子大 (カレッジ) と呼ばれ、女子大
学としてはアメリカで最古に設立のカレッジとして有名である。
スミス女子大 (シルビア・プラス卒業)、ラドクリフ女子大 (アドリ
アンヌ・リッチ卒業)、ブリマー女子大 (H.D. とマリアンヌ・ムーア卒
業) と共に、現在でもなお代表的なアメリカ名門女子大学である。

一方、彼女の家庭環境から推測して、かなりの読書は可能であっ
たと推測する。だがやはり祖父や父から、彼らの信仰 (＝アメリカ
東部・ニューイングランドの厳格なキリスト教) に反する読み物は読
むなと注意されたとのネット上の記述がある。

彼女の住んだ家は現在ではエミリー・ディキンスン博物館として
一般公開されている。アマースト大学からは１キロ半離れた位置
である。ちなみにアマースト大学は現在でもリベラル・アーツで
は全米でハイクラスの大学にランク付けされている。

エミリー・ディキンスンの詩はやはり多くが彼女なりの神・キリ
スト・死・墓との対話を示す。訳しながらイギリスのエミリー・
ブロンテ、エリザベス・ブラウニング、そしてクリスチーナ・ロ
セッティと同じラインだ、との感慨を持った記憶がある。実際、
彼女はクリスチーナ・ロセッティと同年生まれであり、エミ
リー・ブロンテ、エリザベス・ブラウニングとはその生きた期間
は重なる。だがエミリー・ディキンスンがイギリスのほぼ同時代

の彼女たちの詩を読んで影響を受けたという記述には私は出会ってはいない。

一方彼女は特に私にエミリー・ブロンテを強く意識させた。両者ともかなり厳格な宗教的環境で育ったこと、生涯ほとんど父の家から出ずにほとんど閉じこもった生活を送ったこと、その結果の瞑想と神との対話、しばし垣間見られる突然の情熱などである。だがひとつ疑問点がある。エミリー・ディキンスンの詩の中で煩雑に使用されるダッシュ（——）である。これはエミリー・ブロンテも含めイギリス詩人の彼女たちは誰も用いてはいない。なぜか？　ダッシュは何を意味しているのか？

その疑問にアプローチするためにいくつか私が気づいた点を個人的な旅行記も交えて列挙したい。

エミリー・ディキンスンの生きたアマーストには、実は私は家族との一年間のマサチューセッツ州ボストン郊外に居住中に訪れた記憶がある。ほぼ三十年前である。アマースト大学は日本のプロテスタントの創成期に内村鑑三や新島襄が留学した大学であり、また現在でも日本からの留学生を受け入れ寄与している大学であったことがひとつ、そしてさらになによりも、私はエミリー・ディキンスンの名に誘われた。だが訪問は私の夫が一年間の滞在契約を終え帰国する寸前であったという記憶は、当時同行の長男がやっと一歳を過ぎるまで遠出は待ったのであろうという推測・回顧である。

すなわち、同じマサチューセッツ州に住んでいながら、アマーストはグレート・ボストンと呼ばれる、マサチューセッツ州の州都ボストンがあるダウンタウン地区からはかなりの距離を持つ。すなわちだいぶ離れている。車でかなりの距離のドライヴであったと記憶する。車はかなりの田舎道を走った。

173

アマーストの町の記憶は実は現在、三十年以上も前の訪問なので
そう鮮やかには残ってはいない。ゆえにあまり変わり映えのしな
い普通のニューイングランドの町であったと推測する。エミ
リー・ディキンスン博物館はせっかく行ったにもかかわらず現在
は閉鎖中と告げられてがっかりした記憶がある。おそらくは改修
中だったのであろう。失意・がっかりの中に今残っているのは、
たまたま買うあてもなく立ち寄った土産店で見た古式ゆかしい金
属製の水差しと同じく金属製の円筒形で蓋付きの器の記憶である。
ピューター（白目）製か真鍮製であったと今、推測する。値段は
高価ではなかったからである。今記憶に残っているのは、当時日
本への土産として買うか買うまいか迷ったからであろう。その結
果、持ち帰るには重すぎるし日常的には使えないとあきらめた。

見た食器の伝統的な形は一年間のボストン郊外に住んだ者には一
種のなつかしさを伴って今、蘇る。それはアマーストで見た。ア
マースト ── 東部の伝統的なキリスト教文化・生活様式を壊さず
に今に残す場所。だがそれはあるいは因習とも言い換えられる。
浮いた流行・新奇を赦さない場所。因習と独立精神の両立。それ
はアマーストばかりではなくマサチューセッツの歴史・そして大
西洋に沿ったマサチューセッツも含んだニューイングランドと呼
ばれる地域の運命と歴史を今、私に蘇らせる。私の中で今、その
地域の特色がエミリー・ディキンスンの生涯と詩と重なる。

ニューイングランド ── このうえもなく美しい自然。北上すれば
カナダに通じるその地は紅葉で美しい場所・名所とも記憶される。
（日本では秋の日光周辺に似る）。メープルシロップをたっぷりかけ
たパンケーキは良く見た。その地域はあるいは日本人には穏やか
すぎて変化のない場所、保守と因習と映じるかもしれない。その
地域はまたその名の示すようにイギリス（＝イングランド）と深い
関わりを持つ場所である。

イギリスからメイフラワー号に乗って迫害された清教徒たちが逃

詩人紹介・詩人各論

れて来た場所・コッド岬。イギリスの植民地となった場所（最初ではない）。アメリカ大陸東海岸の帯状地域。イギリスからの独立を宣言し、イギリス軍を最初に迎え撃ち独立戦争の戦闘の火花をきった場所。ボストン近郊、コンコード・レキシントンの闘い。湾にイギリス軍の到来を見て、それを走って知らせた兵士を記念するボストンマラソン。

秋には紅葉できわめて美しい場所、そして当時も今ものどかな田園風景が拡がっている場所、ニューイングランド。イギリスの面影を強く残す場所、だがアメリカ独立の発端となった、人々誇りの地。そして今でもサンクスギビングディとして、新天地を求めてイギリスからやって来たピルグリム・ファーザーたちの、初めてのアメリカの土地での収穫を神に感謝する記念日。

この歴史を含んだ、ニューイングランドの生活の底はやはりシンプルなキリスト教的な生活である。質実剛健。古典と正統文化を重んじる正統のアカデミズム。エリートたちはかなりの厳格さと峻厳さ、だが同時にやさしい紳士風マナーを失わない。

現在ではカトリックも多いと聞いたが、神学校としてそもそもは設立されたアマースト大学は、かつての・そして今でも続くニューイングランド独自の、清教徒的な素直な神への祈りと、そしてその厳格さを信仰としても生活環境としても保持していたであろう。繰り返すが、だが伝統保持は因習保持に繋がる。

エミリー・ディキンスンがアマーストではかなり恵まれたアカデミックな家庭環境に生きたという事実にもかかわらず、膨大な詩の創作を家族に隠したままで没したという事実は、そして母の伝えられる寡黙は、そして彼女の詩の中の多くのダッシュは、その意味をはて？　と私に語りかける。

厳格な清教徒の流れを汲むマサチューセッツの正統的なキリスト

175

教の家庭生活の中では母も含めて、女は流暢に多くを語ることを赦されなかったのでは？　祖父により読書も禁じられたのでは？道徳的に好ましくない本として。それはかつて劇場を閉鎖した本国イギリスの清教徒革命と流れは似る。

アメリカの独立戦争（1775）は、一方ではフランスの啓蒙思想の流れを汲み、同時にイギリスの清教徒革命（1640 - 1660）からフランス革命（1789 - 1799）に至る、いわゆる市民革命の一連として理解できるだろう。アメリカ東部・マサチューセッツを含むニューイングランドの地は、かつてのイギリスの植民地として生活様式などイギリスの影響を濃く残しつつも、一方では独立アメリカの連邦国に属し、イギリスを打ち破った歴史に誇りを持っているとの滞在中の印象である。滞在中、ある日の英会話の授業中に先生が「私たちはレキシントンでイギリスと戦った」と誇り高く述べるのを聞いたことがある。ドイツから来た留学の夫の奥さんに対してであった。

他方ではニューイングランドは、風光明媚・静かな場所である。喧噪はない。人々は自然と共生する。岬——マイフラワー号がかつて到着して錨を下ろしたケープ・コッド、ケープ・アン——周辺の地域の風光はきわめて明媚であり裕福な人々のサマー・ハウスが立ち並ぶ。だが落ち着いた外見であり、周囲の自然の拡がりとマッチしていた。白人系の人々の生活は質素で性格・態度はおだやかで謙虚である。だが暗黙に階級制度・ヒエラルキーは人種と社会的なステイタスによって厳格に存在していた。

ピルグリム・ファーザーズのキリスト教はメイフラワー号と共に本国から引き継いだ。植民地支配の中で本国からはかなり多様なキリスト教が既に伝来していたとは思うが、やはりニューイングランド独自のキリスト教はあくまでピルグリム・ファーザーズの敬虔で素朴・質素・単純直裁な神との応答であると思う。日本では内村鑑三が受け継いで来た。その中で、エミリー・ディキンス

ンの詩は家族には内緒の隠し事として作られていった。

内緒であったことは彼女の反抗を物語るかもしれないが、同時に私にはそれは哀れとも映じる。——女が、それも上流に属する女が、情熱など声高に言ってはならない。エロスがかった恋の表記などは赦されない。とんでもない——それは当時の淑女の道徳規範であったのではなかったか？（だが彼女は書いている。相手が誰であるかはかなり研究者によって実名で追求されているが、私は相手はキリストであると思う。「正統」プロテスタント信仰にはこれは言ってはならないすこぶるのタブーであるが、カトリックにはないわけではない。聖女テレジアなど）。

エミリーの詩の情熱のほとばしりと男性としての神とキリストへの常なる語りかけ、そして死への絶え間ない回帰・そして空想、夢としての天国は、結果として一人の人間の女としての生涯と、そしてエミリー・ブロンテの場合と同じく、彼女の周囲の常識（＝エミリー・ディキンスンの場合はニューイングランド的な宗教・道徳規範）を打ち破る、詩人としては独自の本物の信仰を物語るのではなかったか？

生前は無名で死んだひとりの女の隠された、ほとばしる情熱として、彼女の詩は今でも人々のこころを打つ。この情熱はまた、逆に言えば文化的にはきわめて高度なレベルを保つマサチューセッツの知の情熱に通じるのではないか？　サマーハウス用にニューイングランドの風光は優美である。静かな自然の中の生活。だが人々が仕事に戻ったとき、彼らは世界のトップレベルの仕事をし続ける。ノーベル賞の受賞者の居住は世界のトップを数える。その活気・情熱はすさまじい。その印象はまた詩人の印象に繋がる。

また、詩の中の多くのダッシュは彼女の熟考と詩のユニークさを物語る。彼女は句読点の常識を詩に拒否した。句読点での終わり・区切りを拒否して彼女は思考の流れを綴る。

177

エミリー・ディキンスンはその生涯を独身の普通の女の振りを持続させつつ終えた。だが残された膨大な数の詩編は、彼女の生前の信仰（＝精神）と生活をあるがままに露呈する。

私が訳しながら気づいたことはまだある。彼女の詩には「死」のテーマが多い。そして自然のテーマも究極には死へと収斂する。もっと明るい詩をと思って新たな詩を訳し始めると、やはり同じく死に辿り着く。

これは彼女の特色であると私は断じて最後には新たな詩を探すことを止めた。だがひとこと。のちにピューリタン文学の基礎となったジョン・バニヤン（イギリス。1628 − 1688）の著『天路歴程』（1678 − 1684）では、死は神の元へ辿り着く喜びである。暗いのではなく明るいのだ。彼女はアメリカ・マサチューセッツ州アマーストで正統ピューリタンの系譜をも受け継いだ。独身は、あるいは敬虔な彼女のキリストへの信仰と帰依を伝えるであろう。彼女はアマーストの名門家族の一員としての役割を内緒で詩に託して果たしただけである。当時、いかに名門の生まれであろうと、女は聖職者にも人文学のプロフェッサーにもなれなかった。詩作は彼女の周囲の人々には反抗であったかもしれない。だが、神とキリストには反抗ではない。むしろ彼女は神とキリストに従った。だが彼女は規制の道徳の枠を越えて自己に忠実な、独自の信仰を追っていった。情熱を拒否しなかった。

それは詩人としてのエミリー・ディキンスンの自由さでもあり、彼女の詩の自由な、他の誰かへの常なる語りかけと精神・叙述の素直さは、現在の時点でさえも・あるいは現在の時点ゆえに、日本の現代詩人に多くを語ると思う。そう願いたい。

詩人紹介・詩人各論

エイミー・ローエル（1874 – 1925）
Amy Lowell

アメリカ東部マサチューセッツ州ブルックリン生まれ。没。

ローエル一家はニューイングランドの名家として知られる。父はビジネスマンで園芸家、地域の名士、母は音楽家。母も名家の出身である。ボストン大学でシルビア・プラスを教えた詩人のロバート・ローエルは甥である。

イマジズムの詩運動の代表詩人の一人。彼女はエズラ・パウンドを引き継ぎ、その指導者・推進者の一人として旺盛な詩活動を展開した。多数の著作の出版と多様な詩、講演活動を残したが、現在では1914年刊行の『剣の葉と罌粟の種』、そして1925年刊行の『今何時』が特に評価される。両著が示す日本文化の英語詩移植は、現在、エズラ・パウンドを引き継いだイマジズム運動としても、また女性のエロティシズムを敢えて女性詩人としてアメリカ詩に導入した点でも今、注目されたい。

これは今、オリエンタル的な愛の詩の、女流詩人によるアメリカ詩への導入・受容としても高く評価したいが、一方ではロングフェローやテニスンの詩を含むビクトリア朝・ジョージア朝詩とも同期である彼女の詩は、アメリカの「ニューイングランド」的な宗教的・道徳的な、寒い・北の保守的な環境にあっては特に、現状への果敢な反抗としてあった。

発表当時も今もだいぶスキャンダルの種ともなった・種であるようである。彼女は独身を通したゆえか、官能的過ぎるという批評も英語で見る。また同性愛者とも言われる（＝スキャンダラスに言

179

及）。彼女が同棲したアダ・ドイヤー・ラッセルは女優であり、ピューリッツア賞受賞詩集『今何時』を詩人の死の年に編集・刊行した。

　1926 年にその詩集『今何時』でピューリッツア賞受賞。詩人の死の翌年である。詩集は英語俳句・日本風（東洋風）短詩を含む。散文調であり押韻はない、英米詩の中では自由詩である。彼女によって俳句と呼ばれる短詩は二行・三行・四行・五行など。行数は定まっていないが、当時の一般の英米詩の中では画期的に短い。また一律に三行詩連を彼女は発句と名付けている。

イマジズム運動はエズラ・パウンドが指導者として名高いが、しばしばイギリスの哲学者・詩人 T.E. ヒュームの名も挙げられている。ヒュームは 1908 年にロンドンで銀行家ヘンリー・シンプソンと共に「詩人クラブ」を設立した。そのグループは「イメージ派」とも呼ばれている。朗読会・懇親会・アンソロジーの出版などを活動目標とする。翌年、1909 年にロンドンに渡ったエズラ・パウンド（アメリカのアイダホ生まれ）がヒュームの「詩人クラブ」に参加している。資料によるとヒュームのその「クラブ」の活動期間はほんの一年間であったとのことであるが、当時の英米詩への反抗として新しい哲学を含んだ、新しい詩を目指したヒュームのロンドンでの「イメージ派」（主なヒュームの詩に「秋」、「街の日没」）は、イマジズム運動に引き継がれアメリカ出身の詩人エズラ・パウンド、そしてエイミー・ローエルなどに日本文化（中国文化も含む）の受容路線での主導の場を与えた。そしてイマジズム運動は D.H. ロレンス（イギリス生まれ。ドイツ・イタリア・メキシコ・アメリカなどに居住。放浪はパウンド並み）や H.D. の自然詩も含んだ多彩な国際活動を展開していく。

パウンドはその後パリやイタリアに居住して、現在、T.S. エリオットや W.B. イェイツ、ジェイムズ・ジョイス、ウィンダム・ルイス、アーネスト・ヘミングウェイ等とも親交を結んだきわめ

て国際的・多彩な芸術家としても知られている。日本の北園克衛とも親交があったことは特に明記したい。エイミー・ローエルはロンドンでパウンドに会っている。エイミー・ローエルはまたH.D.（アメリカ出身。エズラ・パウンドの元婚約者。のちリチャード・オールディングトンと結婚。ロンドンにも在住)の詩を知り、彼女を評価している。

結果としては、ヒューム、パウンドのオリエンタリズムを女性側から更に積極的にアメリカ東部・ボストンにおいて強力に奨励・推進させていったのはエイミー・ローエルであり、のちに「エイミズム」とも言われるようになった。

一方、パウンドはイェイツの秘書でもあって、日本文化を海外に紹介したアーネスト・フェノロサの遺稿をフェノロサ夫人から託され、日本の能楽の翻訳（＝自由詩形で翻訳)をイギリスとアメリカで出版している。この訳はイェイツの、アイルランド神話と能楽に示される日本神話と日本民間伝承とギリシア悲劇を合体・総合翻案する形での見事な詩劇（＝韻文詩劇)創作に昇華した。なお、パウンドの資料は現在、ハーバード大学に多く所蔵されている。

日本ではヒューム、パウンドの創始したイマジズム運動はいわゆる「モダニズム派」の運動として T.S. エリオットやジョイス、イェイツ、E.E. カミングズなどを含みつつ理解され、そしてピカソのキュービズム運動、フランス派のシュールレアリズム、マルクス主義派、フロイト派、言語学派、構造主義派、ドイツの表現主義、ロシアのフォルマニズムなどを統合した形で「現代詩」というおおざっぱな把握の中、また絵画の分野と詩の分野が混交されたままで論じられ、結果としてこれまでは日本ではむしろ難解性賛美の傾向の中で理解されている。また日本独自の歴史の中での「近代」称揚の語彙的な混同もあり、食べ過ぎの結果、受容し切れていないふしもある。それゆえにここでいささか整理をお許しいただきたい。

まず、パウンドのイマジズム宣言ではあくまでも「イメージを使用することによって表現の明晰さ」を狙うことが基本のひとつである。それは日本の俳句・浮世絵の海外受容の一側面でもあろう。

浮世絵に見る日本の風景は海外にあっては自然のリアリズムよりはむしろ鮮明なイメージとして受容されたようである。またルネサンス期以来、西欧絵画では伝統的な手法であった遠近法を否定した、強調の絵画手法として当時は画期的な革命を芸術・美術に引き起こしたようである。これがモダニズムの海外に通じる正統受容である。絵画では印象派から始まる。ゴッホは浮世絵を愛した。

次に話題をエミリー・ディキンスンと同じくマサチューセッツ州・ニューイングランドに絞ってみたい。ほぼ三十年前に一年間私もマサチューセッツ州のボストン郊外に住み、エイミー・ローエルが生まれて生きた場所に近くいたという個人的な経験・見聞もある。イマジストとしてのエイミー・ローエルの場合は、その詩人論に彼女の生きたマサチューセッツのボストン周辺のオリエンタリズムという固有性を度外視するわけにはいかないと思う。

私がほぼ三十年前に一年間の滞在のため、マサチューセッツ州ボストン郊外に落ち着いてほぼ最初に訪れた場所はボストン美術館（ボストン市内にある）であった。私の鮮やかな記憶は二つある。一つはフランスの印象派クロード・モネ（1840 − 1926）の絵である。水蓮の池の絵（いくつかシリーズがあるようだ、他でも見た）とそして、着物を羽織って扇を持つ女性の立ち姿の絵（ラ・ジャポネーズ）である。これはタテにだいぶ長い絵で、当美術館の呼び物の一つでもあったようだった。次いで雪洲の絵の記憶。有名な猿の水墨画・軸絵もあった。その収集ぶりには正直驚いた。

（帰国後、その印象もあってか、やがてフェノロサをアカデミックに追い

始める契機となった。そして岡倉天心——私の夫の母系の叔父が東大で彼の教示を受けた縁もある——そしてイェイツ、能、エズラ・パウンド、和歌・英語短歌・俳句創作、インド・アジア文化と、今考えれば帰国後専門領域を新たに拡げていく経緯の発端ともなるしあわせの一瞬でもあった）。

ボストン市内にあるそのボストン美術館は世界の美術をあまねく・多く展示するが、特にフェノロサが日本で収集した日本・中国など東洋美術関係の展示で特記される。フェノロサ、そして彼の日本での弟子である岡倉天心が当美術館に勤務した。小沢征爾が指揮者を勤めたボストン交響楽団の定例ホールも近くに建つ。

またボストン郊外のケンブリッジにあるハーバード大学は現在でも東洋文化研究所、ピーボディ博物館（モースの収集した日本の生活用品・器具を所蔵）を持つ。図書館には日本関係の資料が多く保存されている。またイギリスの日本学を受け継いだ形でアメリカに於けるジャパノロジー（日本学）の発端を築いたそのE.S. モース（1838 - 1925）とアーネスト・フェノロサ（1853 - 1908）、日本駐在大使を務めたライシャワー（1910 - 1990）を輩出した場・大学でもある。ライシャワーはハーバード教授も勤めた。

そのボストン周辺のオリエンタルな環境と、同じくボストンに住んだエイミー・ローエルの活動と詩の印象は重なる。もちろん、彼女の詩のテーマと興味とはキーツからギリシア神話など広範に及び、ソネットも書く。それはパウンドにも見るイマジズム詩の広さでもある。だが、本著に訳出した彼女の詩は、従来の日本受容とは逆に、フェノロサ——パウンド経由の日本詩・文化受容ラインの詩を多く選んだ。それは今依然として、東洋文化（＝日本文化）経由の、浮世絵・俳句に見るオリエンタル・イメージ（おそらくはだからイマジズムという）の羅列と定型性、自然と愛とエロティシズムのテーマを扱った詩としてなお世界的な重要性を持ち続けていると評価する。しかも女流詩人の手で。

彼女を特に「女流」と明記し、女流というアイデンティティを評価に加える事は、やはり『源氏物語』以来、日本文学・文化の愛と自然と東洋思想の系譜に、女流が多く関わって来た特殊な歴史も逆に踏まえた。日本文学・詩歌の系譜の中で女流は堂々と愛とエロティシズムを謡った。謡って来た。海外、それも保守的として知られるニューイングランドの土壌では、ピルグリム・ファーザーズの伝統が生きている土地では、そうやすやすとはいかない作業であったとは推測する。

一般に、エイミー・ローエルのみではなくパウンドやイェイツなど多くの海外の詩人にとっては、日本文化の受容はギリシアの古典の受容と重複する。双方同じ西欧圏外のオリエントとも認識される。また愛はダンテやペトラルカ、イタリアルネサンス文化と重複する。だがまたそれゆえに、英米を始めとするジャパノロジーの研究と受容、国際的な続くオリエンタリズムには改めて感謝・認識すべきであり、今や日本詩人にもその一端に参加を期待されていると報告したい。英語で参加、と敢えて付け加える。

海外では一連の、だが特にイマジズムの詩人が励んだオリエンタリズムをマサチューセッツ・ボストンで英語に移植したのはエイミー・ローエルである。彼女の俳句・発句の情熱と苦難は、これまでは日本ではあまり紹介・受容はなされてこなかったのではと懸念する。

ちなみに。ボストン美術館・メトロポリタン美術館などアメリカの美術館はもちろん、ヨーロッパ各都市の美術館は大英博物館も含めてオリエンタル美術の収集は多い。中国・日本美術関係と木版画・浮世絵の収集・展示と評価はいたるところでなされており、ここで特記したい。日本の詩人に特にその自覚がないか薄いのは、英米を始めとする美術愛好家と研究者に特に明治期以来、日本美術がこぞって持ち去られた結果でもある？　と懸念する。

特に俳句と浮世絵への傾倒は、現代日本詩人よりも海外の（各国語
の）詩人、特にユーロ諸国の現代詩人の方が今は逆に上をいくと
の現況認識である。英語圏を始めとして俳句・連句・連歌・短歌
は現在、世界的に注目の的のニュー・ポエムであり続けている。
オクタビオ・パス（「連歌」あり。メキシコ）を始めとするスペイン
語圏の詩人も言うまでもない。

英語で直截的に述べられるエイミー・ローエルの俳句と発句は美
しい。イメージを短く切り、浮世絵・俳句のように羅列した。官
能的である。一般に官能・エロティシズムが苦手な英語詩に新た
な挑戦・地平を切り開いた。感謝したい。訳しながら感嘆した。

エイミー・ローエルがみずから述べているとおり、名家と言えど
も、否、イギリス文化を色濃く引き継いだニューイングランドの
名家ゆえに、ローエル家は一族の女が学問——ギリシア・ラテン
文学と彼女は言っている——をすることには賛成ではなかったよ
うである。だが時代背景もある。当時は英米では女性、特に上層
階級の女性は同階級の男性と一緒・同等の高等教育は受けられな
かった時代である。

エイミーは最初は当時の英米の上層階級の子女の教育慣例通り、
イギリス人の家庭教師に指導を受けた。次いで、ローエル家の従
姉妹によってローエル一族の教育のために設立された私立学校で
学んだ。その後は独学。彼女は読書家としても有名であり、膨大
な蔵書を残した。蔵書は現在ハーバード大学（マサチューセッツ州
ケンブリッジにある）に寄贈されている。

ボストン郊外のブランダイス大学で観劇した、ギルバートとサリ
バンのオペラ「ミカド」。舞台上から突然日本語で聞こえてきた、
「宮さん宮さん…」の歌声。はるかな、だが、いまだ近いボスト
ンに一年居住中の経験。異国での私の日本との驚嘆の出会いだっ
た。

初版謝辞
Acknowledgement For the First Edition

For publishing this bilingual anthology, the original in English, of UK and US women poets, with the translated work into Japanese, firstly, I deeply appreciate the web sites in the internet, which were precisely and nicely edited for each poem of each poet, in archives, together with well-sighted comments and biographies. Thanks for their nice setting up, for our visiting, for which we could read and appreciate so many of poems, original, to be translated in this book; mainly for Japanese people, young and old, including Japanese poets and younger students of Japan, with so many readers abroad, international.

I also appreciate Ms. Mayumi Sako, President of Chikurinkan Publishing Company. She was willing to accept my plan on this anthology, including the poems of Emily Brontë, whose poems she knows well and loves, too.

She worked nice with me throughout all the editing work to be published, as usual. This book is the fifth or the sixth book for our joint work; she is a brilliant editor in English, as well as in French, and a poet.

Lastly, I'd say, I am grateful to the poets, whose poems were translated and published in this book : Emily

初版謝辞 — Acknowledgement For the First Edition —

Brontë, Elizabeth Barrett Browning, Christina Rossetti, Emily Dickinson and Amy Lowell; great poets for great poems. Thanks again!

Noriko Mizusaki
March 11, 2012

Just one year after the 2011 East Japan Big Quakes, and Tsunami Attacks: We express our great thanks for supports and helping hands from abroad, international.

あとがき

　本書は 2012 年に大阪竹林館で出版の同名の翻訳書、『英米女性
五人詩集』の再版である。すなわち第 2 版である。ここにまず、
第二版の紙書籍版並びに電子書籍版の制作を了承いただいた小野
高速印刷株式会社（ブックウェイ）と、編集係の黒田貴子さんに
厚く御礼を申し上げたい。

　竹林館（大阪）で初出版の同書は、日本全国の皆さまのバック
アップもありかなりの人気を拝受した。皆様のお励ましとご支援
を感謝する。この感謝を基盤として、本書は第二版として、電子
書籍という新たなメディアの持つ一般性・大衆性と、大学の学生
の英語教育用のテキストとしての効用を目指したい。

　本書出版の初版では、世界詩人会議大阪・日本大会を企画の段
階で、2011 年 3 月に東日本を襲った津波・地震被害と、福島の
原発被害を含めた当時の国際的な支援・援助への御礼・謝辞と、
そしてフェミニズム（女ばかり）の視点を加えた。この初心の意
図を失うことなく、第 2 版の本書の刊行は、英米ロマン派の詩と
背景へのより現在的・普遍的な理解と、きわめて意図的な翻訳
──日本のいわゆる「戦後期」ではおそらくは初めて、七五調の
日本語訳を再生・復活努力──を、愛・情熱の解放・死・歓喜・
絶望・墓・神・歌など、かつて世界的な拡がりを持ったロマン派

あとがき

の詩歌の復権として日本の次代の読者に受け渡し続けたいとの思いがある。

　最後になるが、私を支えて下さった、あるいは支えていて下さる、すべてのご縁ある詩人に御礼をまとめて申し上げたい。

2018 年 3 月吉日
水崎野里子

水崎野里子（みずさき のりこ）

1949 年東京生まれ。翻訳者、エッセイスト、歌人、詩人。早稲田大学第一文学部英米文学科卒。同大学文学研究科修士・博士課程修了。早稲田大学第二文学部非常勤講師歴任。

翻訳書：『現代アメリカ黒人女性詩集』、『現代アイルランド詩集』、『現代アメリカアジア系詩集』、『現代世界アジア詩集』、『英米女性 5 人詩集』、ベトナム詩人レー・パム・レ原作『荒波を越えて』（共訳）他。

評論・エッセイ：『シェイクスピア悲劇と女性達』、『英米の詩・日本の詩』、『多元文化の実践詩考』他。

歌集『長き夜』、『恋歌』。詩集『アジアの風』、『二つの島へ——ハワイと沖縄』、『嵐が丘より』他。

学会発表：「イーヴァン・ボーランド——『暴力の時代の中で』に見る母と娘：歴史と伝承と神話の中で」：2015 年 12 月日本アイルランド学会全国大会、於同志社大学。

論文：「イーヴァン・ボーランド　女性とアイルランドの詩的追求——生命の源泉を賛美——」（木村正俊編『アイルランド文学　その伝統と遺産』532-552 頁。2014 年、開文社、東京）他。

日本イェイツ協会、日本アイルランド協会会員。

2014 年度 UPLI 世界詩人会議大阪大会プレジデント歴任。現 UPLI・国際桂冠詩人協会副会長。

日本ペンクラブ、現代詩人会、日本詩人クラブ他会員。バイリンガル詩誌「パンドラ」主宰。

海外詩祭に英語詩で参加多数。受賞歴：マイケル・マドフスダン金賞（インド・コルカタ）、隠岐後鳥羽院和歌大賞、世界詩人会議ゴールド・クラウン桂冠詩人賞、他。

英米女性 5 人詩集〈復刻版〉

2018年4月13日発行

原作者　エミリーブロンテ
　　　　エリザベス・B・ブラウニング
　　　　クリスチーナ・ロセッティ
　　　　エミリー・ディキンスン
　　　　エイミー・ローエル
翻訳者　水崎野里子
発行所　ブックウェイ
　　　〒670-0933　姫路市平野町62
　　　TEL.079 (222) 5372　FAX.079 (223) 3523
　　　http://bookway.jp
印刷所　小野高速印刷株式会社
　　　©Noriko Mizusaki 2018. Printed in Japan
　　　ISBN978-4-86584-297-5

乱丁本・落丁本は送料小社負担でお取り換えいたします。

本書のコピー、スキャン、デジタル化等の無断複製は著作権法上での例外を除き禁じられています。本書を代行業者等の第三者に依頼してスキャンやデジタル化することは、たとえ個人や家庭内の利用でも一切認められておりません。